朔方诗词选

2011—2021年

张嵩◎主编

黄河出版传媒集团
宁夏人民出版社

图书在版编目（CIP）数据

《朔方》诗词选：2011—2021 年 / 张嵩主编 . -- 银川：宁夏人民出版社，2023. 8

ISBN 978-7-227-07844-9

Ⅰ . ①朔… Ⅱ . ①张… Ⅲ . ①诗词 – 作品集 – 中国 – 当代 Ⅳ . ① I227

中国国家版本馆 CIP 数据核字（2023）第 157655 号

《朔方》诗词选（2011—2021年） 张嵩 主编

责任编辑 陈 浪
责任校对 杨敏媛
装帧设计 吴海艳 冯彦青
责任印制 侯 俊

黄河出版传媒集团
宁夏人民出版社 出版发行

出 版 人 薛文斌
地 址 宁夏银川市北京东路 139 号出版大厦（750001）
网 址 http://www.yrpubm.com
网上书店 http://www.hh-book.com
电子信箱 nxrmcbs@126.com
邮购电话 0951-5052104 5052106
经 销 全国新华书店
印刷装订 宁夏银报智能印刷科技有限公司
印刷委托书号 （宁）0027172

开本 720 mm × 980 mm 1/16
印张 17
字数 74 千字
版次 2023 年 8 月第 1 版
印次 2023 年 8 月第 1 次印刷
书号 ISBN 978-7-227-07844-9
定价 53.00 元

【代序】

诗词与《朔方》

——张嵩

2011年9月的一天，时任《朔方》文学月刊主编的哈若蕙老师给我来了一个电话，说今年是辛亥革命100周年，让我组织几个诗人写一组纪念性的诗词作品，准备在《朔方》第10期刊发，以配合纪念活动。听了哈老师的话，我很兴奋，这是《朔方》杂志主编第一次约我组旧体诗词的稿子，对从事诗词创作者来说是一件很重要的事情，此前《朔方》只刊发过张贤亮等几位名家的诗词作品，鲜有一般作者的诗词作品登载。按照哈老师的嘱咐，我在较短时间内约请区内几位诗词作家创作了一组诗词作品，经过审定后在当年《朔方》第10期刊出，反响良好。以前《朔方》虽说发表过旧体诗词，但多是个人的、名人的，这次却有些“群体”的意味，从一个侧面反映出宁夏旧体诗词写作的存在并开始走向前台，能在宁夏的主流文学刊物亮相，意义自然非同一般。借着这股东风，哈老师让我直接联系主管刊物具体工作的常务副主编漠月先生，看能不能在《朔方》开辟一个旧体诗词栏目。漠月与我相熟，但比较正统，经再三沟通，终于同意每期给出两个版面刊登旧体诗词，对我来说已是大喜过望。能够在《朔方》专门辟一个旧体诗词栏目真是破了天荒，放在以前真不敢想象，这完全得益于天时地利人和。天时，传统文化复兴，尤其是旧体诗词浸润人心、深入人心，从国家层面更是大力支持和弘扬优秀传统文化的繁荣与发展，全国范围内的诗词刊物有千余份，诗词创作者以百万计；地利，改革开放以来，宁夏的诗词创作者继承边塞诗的风格，融入社会发展的滚滚潮流，竭力为新的时代吟唱，一大批诗人词家应运而生，脱颖而出，成为塞上文坛一支不容忽视的力量；人和，在宁夏从事诗词创作的人大都是两栖或三栖文学作者，既写新体诗又写旧体诗，或写旧体诗又兼写散文、评论及其他文体，彼此有着“剪不断，理还乱”的一种关系，加之哈若蕙主编、漠月常务副主编的热心、支持，终于使新旧两种文体碰撞并交织到了一起，既有主客观方面的成因，更是一种综合因素凝结出的成果。三种原因，为宁夏旧体诗词成就了一片园地，有了《朔方》的“名分”，宁夏其他的文学刊物也紧随其后，纷纷开辟专栏，刊登旧体诗词，一时异彩纷呈、风光无两。

在《朔方》开辟专栏之初，漠月提了条件，说他们那里没有诗词方面专门的编辑，让我来编，名曰特邀编辑。我想只要你答应刊发诗词作品，我也就管不了许多，当时就慨然允诺，没想到一编数载，难以“脱手”，竟成了一名“业余编辑”。从2011年10月算起到今天已经过去了将近八年时间，经我手在《朔方》编发的诗词作品有一千余首，区内外作者近五百人次，涵盖面较大，受众面较广，影响力也在不断提升，其意义不仅凸显了中华传统诗词的魅力，也构建了宁夏文学事业传统和现代发展的“双翼”。且不论我的编辑水平高低、所选发诗词作品的质量是优是劣，但能在国内有名的文学期刊争得一席之地，这就是一种进步、一种成功、一种喜悦。在宁夏顶尖的文学刊物开辟诗词栏目，极大地促进了宁夏诗词的创作和发展，也发现和培养了一批诗词方面的人才，单就这一点来说《朔方》包容开放、颇具雅量、功不可没，值得特别的赞许！

春暖花初放，风正好扬帆。2017年，为深入贯彻落实习近平总书记关于文艺工作的重要讲话精神，进一步弘扬和传承中华优秀传统文化，催生更多的当代诗词精品佳作和诗家方阵，为人民抒写，为时代放歌，我们秉承这一理念，宁夏诗词学会由我出面与《朔方》主编漠月先生商谈，能否借助《朔方》的大名，设立一个《朔方》诗词奖，通过奖励优秀诗词作品，进一步提高宁夏诗词创作的水平。开始我还拿不准漠月的态度，担心他有顾虑，没想到，我一提出来，他竟然爽快地答应了，并且亲自起草方案，向文联党组汇报，最终促成了此事，令人感动不已。后经过聘请有关诗词专家、评论家认真评选，从在《朔方》发表过的近千首诗词作品中评选出四十余首优秀作品，分一、二、三等奖分别予以了奖励。这其中有坚持创作几十年的老诗人，也有受传统文化浸润的年轻人；既有区内的普通作者，更有区外的诗词“大咖”，不同地域、不同年龄、不同民族，其追求只有一个，就是诗词。9月23日，举行了首届《朔方》诗词颁奖仪式，中华诗词学会的主要领导出席了颁奖典礼，漠月先生宣读了颁奖词，场面隆重而热烈，并邀请宁夏朗诵艺术学会的艺术家们倾情朗诵，为这场盛会增光添彩。前任《朔方》主编哈若蕙老师以朗诵艺术家的身份欣然登台朗诵，其情其景，令人动容。前后两任主编对诗词的热爱以及所自觉担负起的社会责任，历史终究会铭记。

由文学期刊主导并命名为旧体诗词评奖，在宁夏尚属首次，在全国也是开了先河的，没有一定的担当和胸怀是无法做到的。在宁夏文化文艺界虽说对旧体诗词有着不同的看法和理解，但总体环境是宽容的，许多从事新文学创作的人包括新体诗人都慢慢地接受了诗词的存在。我想，这与他们所汲取的文化营养，身上所流淌的文化基因都是相吻合的。其后，《朔方》先后刊发了“农民诗人诗词小辑”“女诗人诗词小辑”和创作成绩突出的个人诗词小辑，既有诗人的创作谈，又配发了评论，这更是一种前所未有的创举，给予了旧体诗词很高的地位，我唯有感动和感佩！宁夏文学艺术院编辑的《宁夏诗歌选》（上下卷）、《宁夏诗歌选（2013—2018）》也大幅选编了宁夏旧体诗人的作品，这些做法，进一步推动了宁夏诗词的创作和繁荣，真正催生了塞上文苑的百花齐放，诗词的异彩纷呈。

我作为一名诗词作者和传统文化的爱好者，见证了《朔方》与旧体诗词的结缘，这是一份荣幸。我相信，诗词的《朔方》之路还将长久地走下去，它不是哪一个人的责任，而是中华文化自信所要坚持的必由之路，我们只不过做了该做的工作。再次感谢《朔方》！也感谢诗词！

（原文刊于《朔方》2019年第5期）

【目录】

丁玉芳

清平乐·桃

夕霞晓雾，烂漫江郊路。连片彤云花醉处，百媚千娇攒住。

陶令未解何方，晴川古阁春江。细柳飞莺三两，缤纷艳雨飘扬。

御街行·贺兰山早春

春风渐染南坡草，空山静，青羊跑。幽溪清浅嫩苔薄，散漫新花岩角。松阴老雪，棘枝残枣，别样春光好。

临巅回视孤村小，僻径远，人踪少。烟尘淡漠浸荒芜，阻断繁华喧扰。光阴匆促，古今咫尺，大梦谁先晓。

（选自《朔方》2012年第1期）

咏梅

疏影横斜三两枝，悠悠香促玉人诗。
春回春尽本无意，归去来兮缘有知。
寂寞何忧同类少，冰心岂虑从伴稀。
芳魂淡看年华逝，雪虐风侵傲对之。

咏兰

弱质纤纤扰梦思，谁托风骨入心诗。
丹青涂画频添意，笔墨形容尤欠之。
无限芳姿存秀蕙，有余清韵赖馨芝。
开篇自有无穷意，几度癫狂几醉痴。

咏竹

剑气凌云千万枝，虚心节劲展英姿。
持恒冬夏常青绿，兴盛逢时竟衍滋。
岁月峥嵘唯向上，年轮淡定总容之。
无私化作零星后，仍为人间报厚施。

咏菊

过罢炎凉景色移，临秋怒放亦称奇。
万重妆态笑霜冷，千种清姿对败枝。
不耻繁华夺艳色，只忧萧瑟送云衣。
自从陶令东篱后，几度文人墨客痴。

（选自《朔方》2015年第8期）

随感

黄河远去气如虹，浪簸闲人几度名。
塞上经年杨柳绿，边陲历代朔天雄。
沧桑慨叹夏陵老，古事沉吟宋殿蓬。
笔墨丹书千载事，回眸一笑付长风。

柳

婀娜嫩影叶参差，一任东君剪秀姿。
漫点晴波戏晓镜，随缘润色绘山眉。
长亭折赠别怀绕，小榭梳帘伴月垂。
有幸西湖留客影，烟笼诗梦可相知？

（选自《朔方》2016年第3期）

登高

曲径沿阶上，抬头雁阵高。
层林堆锦绣，沟壑涌松涛。
落日余晖照，诗人意气豪。
随心吟雅句，把酒乐分曹。

秋夕

天公敛暑酷炎收，沃野熔金又早秋。
枫岸渐添流火色，长河屡见疾行舟。
枯蓬抱子知霜冷，老叶离枝感岁休。
朝暮循环无止尽，松涛远磬月如钩。

（选自《朔方》2018年第1期）

行香子·春游

一派春光，两岸芬芳，绕清溪三四回廊。亭台五六，水鸟成双。看水丝皱，云丝动，树丝长。

万千垂柳，花帷百转，锦十重七里八乡。寻幽九曲，紫燕飞翔。美画中人，林中路，意中郎。

（选自《朔方》2020年第3期）

画堂春·江南

绿罗斑驳粉墙中，家家黛瓦苔浓。隔江垂柳雾微笼，景色空蒙。

穿水乌篷两两，含烟彩绢重重。碧波萍影落花融，一瞥惊鸿。

玉梅香慢·苏州

良渚发祥，遗世佐证，中外人皆称颂。水运通达，天公垂眷，康庶丰饶珠炳。太湖丰衮，生态好，美仙境。渊脉恒昌，典册传承，历朝名胜。

从商裔梅里定，至如今，辈多才涌。典雅园林，锦绣稻粱茶贡。软语昆腔菜点，无不是，阜间里巷宠。百样繁荣，牵魂忆梦。

（选自《朔方》2019年第8期）

巫山一段云·江边

一叶知秋近，抬头去雁声。碧空如洗寒云轻，芦岸似摇旌。

江水凝寒碧，莲蓬抱子生。荷珠滚落小鱼惊，举棹向长汀。

（选自《朔方》2021年第2期）

于秀萍

塞上人家

暮云村落几人家，霭瑞春光草木华。
挥汗割青镰似月，耕田沐雨笠如花。
秧苗带露期长穗，牧子扬鞭唱晚霞。
吼罢秦腔真过瘾，壶烹碧叶品山茶。

秋之韵

婆娑露影荡枝头，叠翠堆金引客眸。
稻垄层层翻细浪，果园累累化琼楼。
东篱菊色犹醇醉，南岭枫丹似火流。
万壑千峰浓彩染，凉风飒飒一痕秋。

重阳寄远

游子情怀系故乡，庭园新枣味甘长。
登高目眺衡阳雁，羁旅神迷桂子香。
帘外沉沉疑海蜃，灯前寂寂见萤光。
月辉在握轻轻捻，满纸愁思对冷窗。

（选自《朔方》2017年第1期）

马犟

荷风

暮云逐落日，秋雾起龙池。
追梦清香远，钟情乱蕊痴。
孤茎邀淡月，碎影弄仙姿。
雅韵浓丹笔，荷风入宋词。

蝶恋花·胡杨

大漠斜阳浓碎影，万树橘黄，抖擞虬枝横。妩媚不堪秋渐冷，随风金叶飘曲径。

屹立千年枯也耸，雨打沙吹，个味谁能省？山色葱茏多共等，天涯几处同此景？

（选自《朔方》2013年第12期）

风入松·初雪

青云漫卷谢秋情，玉蕊落霜红。层楼紫陌琼花满，绿杉坠、老柳娉婷。料峭一湖碧水，迷离两岸西风。

雁逐细浪几声鸣，倒影向归程。霰沾菊韵沉香醉，正堆砌、阶上廊庭。掬起童心四片，放飞幽梦三重。

烛影摇红·咏柳

早醒春寒，雨梳又赖东风剪。笼烟流翠韵新枝，巧引黄鹂啭。静看百花争艳，自娉婷，柔柔曼曼。星移斗转，万木凋零，独摇青练。

缱绻依依，不绝吟赋留诗卷。从来汉曲尽关情，弦断怀难遣。多少别愁离乱，总折枝，相思寄远。灞桥怅送，江畔惜别，情长聚短。

（选自《朔方》2015年第3期）

宽窄巷子

半巷烟云半巷风，秦砖汉瓦锦江东。
竹藏老院茶香满，幕裹花台蜀韵浓。
几处明窗陈墨宝，谁家夜店起歌声。
闲来慢饮一杯酒，追梦随思过二更。

水龙吟·黄河壶口瀑布

苍茫沃土云天，黄龙劲舞出霄汉。昆仑瑞雪，祁连秀水，奔腾宛转。古往今来，激流咆哮，狂澜翻卷。看中华神脉，气吞四海，声势壮、豪情满。

峭壁玉壶垂岸，泻琼浆、雪喷银溅。瀑悬百尺，浪鸣千里，虹飞雾漫。有遇冬寒，冰凌齐挂，晶莹辉灿。引游人墨客，浓描重抹，送风情远。

（选自《朔方》2016年第3期）

海螺沟冰川

寂寞尘封几万年，思君眼泪未曾干。
不消日烈娇躯瘦，能耐情长雪魄寒。
心自晶莹堪作玉，身多苦难好齐仙。
海螺声里活佛去，留取灵石赚客缘。

（选自《朔方》2016年第12期）

虞美人·高楼小聚

楼高好望环城水，陌上盈盈翠。座中红酒对红唇，忆取廿年岁月廿年心。

滇红酽酽堪沉醉，兑尽愁滋味。彩灯明灭夜阑珊，又是紧张忙碌锁长天。

风入松·金黄柳

经霜疏柳灿斜阳，韵满晴窗。暮烟渐冷琉璃色，卷西风，一地金黄。明月光中琴键，相思怀里诗行。

折枝相寄诉衷肠，胜却花香。那年心事难重省，到如今，几度回肠。枕上几滴清泪，眼前万树秋光。

（选自《朔方》2017年第12期）

鹧鸪天·丁香

素玉无争晴日春，偏于静夜缀纷纷。愁凝别后玲珑泪，香瘦风前寂寞身。

半规月，照清魂，伊人眉黛向谁颦。香消青影身何处，别是巫山一段云。

鹧鸪天·戊戌清明遇大雪即事

节到清明天亦垂，远山隐隐动愁眉。鸥衔断羽汀头立，雪卷梨花岭上飞。

风骤冷，减芳菲，欲将春恨说同谁？回看烟霭溟蒙处，一线斜阳弄晚晖。

（选自《朔方》2018年第6期）

重游拙政园

翠阁云亭夕照边，重游仍似旧风烟。
回廊待月清溪上，台榭藏春碧嶂前。
梅吐檀香摇淡荡，鸥浮渌水弄潺湲。
明朝恐被尘烦累，再访姑苏未有年。

行香子·暮春

春岫青青，春水泠泠。对芳樽、试听流莺。昨辰红树，今已飘零。剩堂前燕，堤前柳，眼前屏。

影迷香径，情锁烟汀。恨春归、后约无凭。倚危栏处，云放新晴。看清江上，前潮落，后潮生。

行香子·稻城亚丁

天路盘桓，细雨阑珊。翠微深、峡水潺湲。雪凝绝岭，岚湿遥天。看格桑花，五色海，在云端。

草泽芳田，别是风烟。未须归、忘却流年。抱幽吟月，不羡瑶山。向夕阳中，鸟归后，一凭栏。

（选自《朔方》2019年第3期）

马乐群

黄河楼

彩楼雄立大河边，东望朝阳西望山。

金波浩荡流日月，绿树葳蕤笑田园。

飞车来往欣驰地，银线纵横远接天。

人伴白云心惬久，高歌塞上美江南。

水调歌头·黄河金岸

滚滚黄河水，狂舞似游龙。壮歌唱彻今古，塞上见葱茏。大爱母恩常沁，情暖乡村城镇，乳汁育英雄。盛世兴诗意，金岸挂长虹。

植林草，开新区，沐春风。高楼湖岛，遥看美景画图中。更有群车热路，进入小康同步，幸福惠工农。富裕隆西部，宁夏颂繁荣。

（选自《朔方》2014年第4期）

马志凤

访延安

其一

隔岁复瞻观，惊其倏易颜。

临街千贾集，沿岭万车蟠。

灯火无昏暮，芬芳溢锦坛。

重重高厦耸，竞欲压邻山。

其二

延河贯长谷，宝塔镇群峰。

杨岭雄音荡，枣园英气隆。

关山添秀色，城阙涌时风。

圣地多豪杰，重开不朽功。

（选自《朔方》2013年第5期）

登鹳雀楼

连登层上揽缤纷，远眺高瞻果赏心。

盛景悉萦诗韵现，华光紧伴暖风临。

绵延原野腾朝气，旖旎河山绕彩云。

万顷繁花织锦绣，满天瑞色绘荣欣。

参观银川舰感赋

功成名就大河滨，万众观瞻故里亲。
俊挺风姿真耀目，辉煌业绩更骄人。
飞来西部华章续，归泊银川使命新。
军博园中传至理，振邦兴梦必强军。

银川北京路上

宽舒通道市中穿，东即跨河西及山。
树列两旁扬秀色，车流双向贯长川。
彩坪伴路风情雅，碧水环楼景象妍。
无数街区广延展，恢宏初现映蓝天。

（选自《朔方》2016年第6期）

马建国

草堂

我逢杜律必品尝，音韵顿挫句感伤。
三吏三别诗绝唱，丹青兵车古无双。
经纶满腹留诗史，才华横溢著勋彰。
颠沛流离忧国事，途穷潦倒草堂霜。

鹊桥仙

闲亭雾隐，烟迷高树，流水匆匆何处。倚栏入望觅相知，叹霜发年华虚度。

西风瘦骨，乱山留恨，日落无边秋暮。园花燕子亦伤离，问岁月沧桑谁诉。

唐多令

江岸草香留，无边野自秋。雁云深、落叶添忧。黯绿伤红时岁老，年年似，水东流。

高树阻行舟，风寒烟雨楼。客匆匆、顾影含愁。寂寞樽前常病酒，漫长夜，几回钩。

（选自《朔方》2012年第10期）

浣溪沙

杨柳娉婷翠玉淑，舞红流绿醉当初。穿云燕子影疏疏。

古寺春深花见问，苍台寂寞岁空无。夕阳西下半轮孤。

点绛唇·春日思塞上友人

寂寞登临，乱怜愁悴春无几。夜来风雨，一任东君去。

往事回肠，阔别余多意。空独倚，野云偷觑，泪目斜阳里。

（选自《朔方》2016年第6期）

尤屹峰

春分田园即景

东风送暖入山村，昼夜平分已仲春。

柳意桃心着画韵，田园挥笔是农人。

童年挖野菜

每到春来冻土消，呼朋唤友去村郊。

田间地埂全寻遍，背袋提筐笑似潮。

忆昔野菜充饥

备存野菜满大缸，即使缺粮亦不慌。

饥饿如抠难忍受，急捞半碗补空肠。

（选自《朔方》2019年第5期）

沁园春·贺嫦娥五号取样顺利返回

环球苍茫，星云流光，孤月凄凉。正念遥思远，吴刚醉酒，蟾宫灯暗，玉兔慌张。火箭升天，嫦娥追梦，降落沙滩采样装。腾空去，绕涛河广汉，速转龙乡。

中华空际飞翔，三步走、环临升返航。看齐心团队，数年设想，工程立项，拼搏开创。克险攻坚，协同作战，十一难关百次撞。尽美矣，望九州探宇，无限风光。

（选自《朔方》2021年第7期）

王晓亮

浣溪沙

得意须当载酒回，漏船哪管月盈亏。寒塘蓑羽待时飞。

疏影还清只影度，一波才动万波随。年来几处是芳菲。

木兰花

萋萋芳草迟南陌，不见斜阳闲更抹。稳接沧浪一篙平，难渡天涯羁旅客。

徘徊几处无颜色，纷教鬓眉头上落。年年长此探花期，苦恨人间都错过。

木兰花

绣帘钩月时时见，寂寂春归天欲晚。年来何教赋相思，门掩深深窥小院。

未得两两桃花面，恍恍西风吹又散。消他几度更回眸，已是芳菲蚀满眼。

南乡子

隔岸影迢迢，漫与君前竞舞腰。荡尽春光无限恨，千条。未惹东风絮自飘。

知己已寥寥，还似初逢旧日娇。不省年年攀却苦，妖娆。飞雪依稀是灞桥。

（选自《朔方》2018年第10期）

送别

花期相送语凝噎，佳景哪堪容易别。
唱彻阳关犹未尽，寻来古道亦难绝。
漫天锦绣唯一色，四处芳菲更满阶。
枕簟新凉存玉漏，酒甜不记恁时节。

木兰花·咏梅

冲天透色排香阵，做骨凌寒犹未损。谁言苦绽报春回，百处相思千种恨。

何时来去分明问，絮卷枝头飞欲尽。人间纵是枉多情，驿路芳尘还教怎。

（选自《朔方》2019年第5期）

王祥庆

丙申中秋寄湖城友人

塞上人家过中秋，清风荡舟湖城游。
一夜尽揽百湖月，何必登临近水楼。

忆故园花木

红秀榴花次第开，绿珠葡萄引蜂来。
打量园中高低树，应是父兄先后栽。

咏燕

新燕出巢舞翩跹，长啸直上九霄天。
春秋两度云中路，塞北江南年复年。

彭阳杏花节

千栽苦种不毛地，十年退耕成山林。
杏花不逊梅花俏，一样清香一样红。

（选自《朔方》2017年第6期）

王振娟

眼儿媚·游春

桃粉嫣然柳缠绵。燕子舞蹁跹。翠浓红艳，蝶翩花媚，醉了春山。

轻移莲步芳丛路，暗结梦中缘。情波涌动，娇羞满目，再睹君颜。

蝶恋花·叹春

满树芬芳香入住，花事殷殷，千蕊娇羞吐。时见蝶来蜂又去，欣欣柳色归燕舞。

驻足杏林相见处，无语思量，一转芳华暮。人面何曾常相聚，知音唱和春几度。

蝶恋花·桃花缘

四月芳菲花烂漫，浅笑嫣然，灼灼夭夭绽。又惹花前蝶蜂乱，呢喃紫燕和春恋。

桃红人面相思剪，无尽缠绵，惹得郎君赞。谁解君心归何晚，问情几许佳期短。

（选自《朔方》2020年第3期）

牛海涛

教师颂

卅年辛苦觅贤俦，民大今夕麟凤游。
风雅精神存百代，木铎圣意响千秋。
黄河东去流千古，兰岭西来瞰九州。
巍巍群山安可仰，清风白发对书楼。

校园赞

贺兰山色莽苍苍，影落明湖青黛光。
半池碧柳生秋月，万卷藏书溢冷香。
浩浩云飞倾素雪，煌煌日照亮银窗。
男儿立志激热血，为报恩师鬓上霜。

学子咏

千山雏燕争朝凤，万水游鱼喜聚群。
垂翰学人思著述，骋疆勇士立功勋。
月出何处读书语，日入谁人炼武魂。
举目青天长啸处，凤集山顶起祥云。

（选自《朔方》2015年第4期）

村居逢夜雨晴后作

一番清梦雨生凉，千里秋田入晓窗。
碧树连山闻鸟啭，好风漫野辨花香。
诗书处世流声远，礼乐传家逝水长。
自爱此身居乐土，何须更觅武陵乡。

制砚人

陋室尘中寄此身，石璞轻叩耳边闻。
拈来紫气三分色，折去青松半缕魂。
刀刻寒云飞瀑落，心怀淡月远山吟。
一方墨海涵无限，散作冰天万里春。

墨说

贺兰砚上断纤尘，竹雨新匀染素巾。
赤紫如云霞照影，澹青似水木成纹。
茶烟入梦风生色，发墨含光笔有神。
言默随时君子器，山河气魄一身存。

（选自《朔方》2021年第2期）

毛桂芳

赏雪

料峭风寒踏雪来，梅园伫立赏花开。

群芳竞绽银装裹，阵阵幽香沁满怀。

晚秋

河边又见秋，霓彩照高楼。

梦境湖中觅，蟾宫水面游。

枝枝金柳舞，朵朵翠菊羞。

欲待重披绿，顿杀心绪愁。

黄河颂

故道长风翠柳烟，大河圆日沐江南。

今巡阔道枝条秀，远望青山雨雾旋。

河水滔滔浇大地，清流股股灌秧田。

润泽万物得天厚，携手齐肩筑梦圆。

（选自《朔方》2021年第2期）

尹文博

参加西部助学学子在固原活动有感

西部学子行六盘，风姿飒爽唱萧关。

感恩不恋繁华地，学成归来数好男。

离骚经

临池难摹离骚经，欲解屈子心自清。

汨罗江畔新风起，挥笔九歌听涛声。

宿张良庙

山高月静松影幽，流水杳然听妙音。

仰止英雄无觅处，千古勋业说到今。

北山即事

傍晚兴来登北山，霜点杏叶染层峦。

俯看长街风景好，永清湖畔花粲然。

故园感怀

夏日长天白云崛，回到故园人事悦。
旧庭门前落长鹰，松树枝头报喜鹊。
步止老井感旧情，登上危台思归乐。
如梦童年从此还，岁月蹉跎立风雪。

（选自《朔方》2011年第11期）

邓万

中华黄河坛

一张画卷傍河开，华夏文明涌进来。

旷世奇勋先祖业，经天大道后人台。

只因九曲多龙子，便使八方恋母怀。

倘若轩辕巡视到，金沙湾里胜蓬莱。

读项宗西诗集《春色秋光》有感

西湖碧水朔方尘，百炼成英味益醇。

心系东西风雨路，情牵南北故乡云①。

高山放眼峰峦涌，大地讴歌草木欣。

匠手殷勤巧遣布，寻常物事入诗魂。

①诗人出生在浙江，20世纪60年代作为知识青年上山下乡落户于宁夏，在宁夏生活了近五十年，宁夏为其第二故乡，可谓“风雨人生路，情钟两故乡”。

（选自《朔方》2011年第12期）

兰书臣

题黄花岗烈士墓

海含地负土凝香，七十二峰堆莽苍。
碧血黄花开不尽，白云到此总徜徉。

读林觉民绝笔书

墨迹斑斑血泪滂，阴阳悬隔自堪伤。
年年红豆生南国，笔绝书存晓鼓长。

（选自《朔方》2011年第10期）

单家集

单家小集好山川，万里长征一宿鞍。
难舍红军人马去，清真古寺月痕寒。

青石嘴

红旗跃上六盘山，三省通观地界宽。
今日行经青石嘴，依稀闻得旧硝烟。

黄河金岸曲

黄河碧霄落，金岸白云开。
曲折能文手，包容乃大才。
桥雄羊筏去，风烈电城来。
好梦张天翼，回眸绣作堆。

萧关抒怀

秦月汉关坂道横，黄芦血马动边情。
危峰邃峡寒流急，落日孤烟远客行。
白帐生云堆铁甲，红军得句写长缨。
枕戈自古英雄事，愧向书山听雁声。

《中国军事百科全书》出版

神秘龙宫富蕴藏，修成大典问汪洋。
谨严互约文风好，求是齐遵撰审忙。
知识穷搜谁惜力，疑难破解我从长。
十年一剑勤磨砺，探取骊珠有电霜。

（选自《朔方》2015年第2期）

仇建国

再下苏州

凤城盖碗余温在，便下云梯吴越来。
我至寒山张继笑，你游星港裤门开。
平桥慢水人家静，地铁动车轻轨追。
醉是姑苏三日景，太湖落泥不言回。

八月十五寄秋

每托嫦娥寄我心，赴邀十五共光阴。
年年玉桂依如昔，岁岁中秋不似今。
月要铺床终觉浅，叶能尽漏但嫌深。
独徘巷口凉风起，忽立街头对视吟。

（选自《朔方》2017年第9期）

田凯

偶感

欲晓东方云染霞，碧空随日可安家。
时光不解红尘趣，枝老难寻旧地花。

人面桃花

春来一扫园寂静，万木枝头俏色争。
夜梦忽闻五更雨，可存去岁旧花容。

春夜偶雪

二月春风绿柳丝，杨花欲散妙身姿。
余寒料峭未归去，夜雪纷飞占俏枝。

贺兰山

夜雨秋花饰贺兰，山清水冷树微寒。
今朝举步寻岩画，静扣石门访圣贤。

（选自《朔方》2017年第6期）

秋夜

绿蚁初温新酿酒，红泥为信待君尝。

风来穿过千竹醉，设案窗前月影长。

偶感

醉后方知情未了，醒来尤见月悬空。

谁人能解其中味，夜半窗前柳咏风。

（选自《朔方》2018年第10期）

田兴福

清平乐·六盘五月雪

风云浩瀚，朔雪弥天险。多少英雄魂魄散，只是昙花一现。

地生五月春风，江河万木峥嵘。遥望乾坤雪雨，难消百媚千红。

鹧鸪天·信鸽

娇翅初翔追夏风，披星栖息舄山中。别时原本身消瘦，远涉千山路未穷。

经砥砺，搏苍穹，放飞梦想必亲躬。纵然蝶恋花香地，直到家乡再庆功。

（选自《朔方》2012年第3期）

浪淘沙·换季

初雪落山城，亭子风平。往来残叶树难惊。唯见青松舒傲骨，鸟雀齐鸣。

天地酝新生，瑞气相迎。姗姗春暖日清明。岁月流金谁起始，万众峥嵘。

（选自《朔方》2013年第6期）

蝶恋花·春之舞

梅雪乱了方寸步，秋雨绵绵，细碎声声露。摇曳春风同曲渡，云蒸霞蔚心花怒。

激浪不知多少度，如是飞舟，驰骋扬帆路。若怕凋零生嫉妒，含宫咀徵应歌赋。

浪淘沙·致雅妮雅晨

玉女舞天纱，怒放心花。争奇斗艳映朝霞。姹紫嫣红春满院，欣慰无涯。

正当好年华，碧海银沙。效之春雨润莩葭。不作秋风驱落叶，相会亨嘉。

（选自《朔方》2014年第5期）

满江红·铁血警营

铁血旌营，从来是、英雄天地。争日月、荡平弥雾，尽彰威力。杨柳千条谁妩媚，青松万载应曾识。献春秋、辛苦夜归人，民安系。

塞北外，烟如织。高峭下，青葱匿。望峰连川岳，血映娇日。春上贺兰关不住，秋缄六盘无绝讫。岁寒心、风雨盼霞晖，诘安逸。

踏莎行·古雁岭游记

清秀西林，岭丛不见桃花面。短亭无宴，春风安解此时情？伤心无景谁宜伴。

百鸟啼鸣，声声离乱，芳香静逐红心远。青苔梦里惜娉婷，那堪独立虹桥晚。

清平乐·泾源白云寺

白云深处，风向轻无虑。溪水声平谁笑语，松柏低音如絮。

洪钟承载虔诚，悬崖雕琢安宁。不是香飘山野，哪来幽谷痴情。

（选自《朔方》2016年第6期）

白浩

西行道上过黄河

十年劳顿又辞家，一路行来黯自嗟。

脚下程非桑梓地，黄河过处即天涯。

题图

别时心境总难描，风满朱栏雪满桥。

忍看离人凝泪眼，最伤神处在眉梢。

（选自《朔方》2020年第8期）

白林中

青铜峡水电站

巨坝横空大禹惊，铺天盖地走长龙。

风驰电掣千军战，逾影超光万马腾。

挟浪飞花描朔漠，追星揽月绣葱茏。

今人能把黄河驯，千里江南入画中。

鹧鸪天·雨中沙湖

细雨游船满目青，水天一线远山空。芦丛跃鲤追啼鸟，侧耳沙山瑟瑟声。

涛拍岸，雨点轻，远离闹市净心灵。悠驼飞艇清风爽，掠过江南西子惊。

（选自《朔方》2012年第3期）

桃花

一从相约会清明，点点红颜梦里萦。

日察花开情未了，夜阑化作满天星。

丁香

缠绵吐穗亮新钗，紫白花开馥郁来。
春日清风吹醉树，芳菲阵里透红腮。

金沙岛

敢从大漠起茅庐，巧固流沙四野殊。
花海环湖飞鸟羽，草原策马越荷珠。
游人必拍黄金甲，漫步难离姹紫图。
千景尽藏腾格里，笑言塞外比姑苏。

春过将台堡

春风绿草小花挨，高路驱车过将台。
一座丰碑凝壮阔，三方主力入情怀。
耳边新叶轻轻绽，胸底春雷滚滚来。
昨日会师留远景，今朝到处画图开。

水调歌头·西去贺兰山

痛饮欲何往？西去贺兰山。葡萄百里如画，蓬雀醉其间。玛瑙嫣红剔透，纯净珍珠满穗，就地沁心田。小憩酒庄里，甘洌共蓝天。

林荫道，车飞跃，运输欢。琼浆玉液佳酿，能把梦魂牵。不见先时荒漠，壮志欣开绿野，草舞翩跹。汗水谱新曲，大业勇开篇。

（选自《朔方》2016年第6期）

七绝二首

其一

多少英豪疾请缨，江城野味害苍生。

八旬院士挥戈起，屡为康宁踏月行。

其二

荆楚驱瘟战鼓催，盾牌贴面荡风雷。

岿然不动千城闭，夺路元凶化作灰。

（选自《朔方》2020年第4期）

三顾塞上秋

其一

暑去纷飞鸟，秋声染色黄。

骄阳无烈焰，细雨有柔肠。

霜降滋身壮，风驰沃野芳。

果红伤不得，轻摘主人忙。

其二

起伏横天半，秋光洒万端。

丹枫燃壮阔，翠岭绘斑斓。

石绕蜿蜒里，泉流陡峭间。

高空闻雁叫，呼我勇登攀。

其三

秋色驱车爽，天公作画师。

黄花开富贵，红叶寄情思。

灿烂金铺路，清莹玉漫池。

瘦身知节令，万树竞疏枝。

（选自《朔方》2020年第12期）

丛培有

黛玉葬花有感

凝眉泪洒潇湘馆，月下沉悲葬落花。

次第残红不褪色，阴阳异梦共天涯。

征鸿百啭声声碎，嘉木千秋岁岁华。

易逝苍生难复在，芳香代谢正催发。

（选自《朔方》2013年第5期）

清明祭母

晓来百念俱成灰，空有追思把梦随。

脉脉夕晖青冢洒，绵绵柳絮老根垂。

风风雨雨呼春至，泪泪声声唤母回。

探看横波天尽处，孤鸿万里不辞归。

（选自《朔方》2014年第10期）

上海金茂贸大厦

仰天依地耸云霄，俯瞰浦江万壑涛。

一览奇绝风景色，何楼舍我敢争高？

渔家傲·登高

翅趾云崖随猛鸷，戗风逆雨翻飞翼。误我今生徒转徙。空纵恣，抛别天下千秋史。

无限江山收眼底，别成一片新天地。一抱襟怀沉底事。花絮里，绵绵不尽相思意。

破阵子·塞上行

风送南飞归雁，寒催叶落花黄。来去匆匆都是客，满目荒凉倍感伤。又除一岁穰。

鹊叫枝头梅绽，平畴雪盖苍茫。慨叹休说天地阔，问道何须刈莠稂？纵横尽骕骦。

（选自《朔方》2017年第7期）

原野

镰月经霜不耐磨，流金麦穗待收割。

心怀悲悯苍生济，我比秋云泪更多。

（选自《朔方》2021年第2期）

朱建设

酬金平女士挑灯为吾改诗见寄

感君赐玉赋深情，夜半敲诗信有声。

遥想临池题笔处，一轮明月透帘栊。

乡思

最忆童年是故乡，连村柿子醉斜阳。

沟渠窝暖秋风冷，窑洞席凉夏梦长。

稻田淘蟹欣窝浅，树杪捉蝉喜影双。

何当腋下生云翼，长使家山梦里翔。

笔墨生涯

盛年已过近黄昏，独立书斋不弃身。

新砚磨穿重购置，旧书翻破复装帧。

园竹喜种笔千管，炉炭欣烧墨一痕。

莫道人生无再少，清风入腕总成春。

梨花

冬月才过疑复来，千林万树雪花开。

太真出浴冰作影，西子捧心玉为怀。

赏影忽如登月殿，闻香恰似在瑶台。

精神欲写无着处，搁笔凝思莫漫猜。

（选自《朔方》2016年第11期）

任登全

田园风光

春光久住已多时，绿叶成荫实满枝。

求爱鸣禽声切切，欢歌少女恋依依。

瓜香阵阵陶人醉，蛙鼓呱呱入梦迟。

景色撩人难抑制，心潮起伏动诗思。

丝绸之路

万里长城玉蟒飞，大河两岸洒银辉。

朔风怒吼雄鹰健，细雨无声骏马肥。

春度古关花处处，秋临边塞果垂垂。

金桥飞架连欧亚，丝路新苞绽蓓蕾。

（选自《朔方》2012年第1期）

山村归来

山自青青水自流，果林深处鸟啁啾。

归来欢唱田园曲，月照农家小阁楼。

过卢沟桥

岁月无情人有情，风尘千里吊英灵。
石狮弹迹斑斑在，战马嘶鸣历历闻。
两岸炮声惩敌寇，八年烽火服顽瀛。
至今留得卢沟月，犹照当年卫国魂。

（选自《朔方》2012年第11期）

诺日朗瀑布

飞流圣水起仙山，九寨风光壮大川。
白练千寻银汉落，彩虹七色碧空悬。
浪花溅玉如飘絮，峡谷轰鸣似裂天。
每使骚人惊叹绝，丹青泼墨赋新篇。

黄龙瀑布

黄龙瀑布漫山流，傲立青松翠柏稠。
沟壑葱茏铺锦绣，清泉石上亮歌喉。
珍珠撒玉汇潭泽，玛瑙闪光入海湫。
耸立丰碑留倩影，渔歌欢唱颂神州。

（选自《朔方》2013年第10期）

谒中华黄河坛

滔滔天水古今流，风雨兼程历九州。

乳润禾苗民富裕，汁滋林果岁丰收。

千秋负重文明史，万代创新华夏讴。

民族复兴中国梦，中华儿女颂金瓯。

塞上江南

滨河秀美竞妖娆，塞上春光似画描。

汗润田园铺锦绣，绿侵朔漠唱丰饶。

兰山万仞云飞渡，大道千程车驰遥。

水阔蓝天花扬彩，丹青泼墨赋风骚。

金岸稻香

滨河金岸护堤防，滚滚车流穿朔方。

鸭壮鱼肥心欲醉，稻香麦熟意绵长。

水浒野鹤悠闲觅，斗笠牵竿垂钓忙。

盛世龙腾兴大业，中华万象谱华章。

（选自《朔方》2014年第5期）

刘成

南湖红船

南湖画舫夜灯明，劈浪犁波聚众英。
共觅兴邦匡世策，同扬讨逆救亡声。
先贤斩棘开新路，俊彦披荆探险程。
唤醒工农齐踊跃，镰锤挥舞奋身征。

万里长征

大军北进气如虹，冲破包围数百重。
野菜树皮填饿腹，草鞋绑腿挽强弓。
沿途村落真情暖，怀梦新程血色浓。
战略转移谋抗日，长征路上尽豪雄。

脱贫致富

世间奇迹摘穷帽，奋力脱贫育富根。
上下团结龙长翼，干群联手土生金。
前庄多种摇钱树，后寨连修聚宝盆。
使命记牢山岭绣，精神振作建新村。

（选自《朔方》2021年第7期）

刘虎

紫燕南来报早春

其一

艳艳和风草色新，铁牛轰响一犁春。

几家诗笔绘烟雨，正是丰年播种人。

其二

紫燕南来报早春，衔回消息几分新。

城乡融合齐推进，山水家园惠万民。

其三

草木青青万户春，方圆百里杏花缤。

牧羊小曲枝头闹，好雨相逢追梦人。

春光

缓步岚山翠映晴，无边秀色到青城。

漫观风剪草芽绿，独爱雨滋花蕊旌。

一树烟霞听鸟语，几株垂柳钓蛙声。

牧羊少女情思动，坐看春光云自行。

（选自《朔方》2020年第7期）

秋日过韶山到湘江

日里魂牵夜梦驰，韶山凭吊慰相思。
人文丰厚诗家众，英烈功高岳麓奇。
水涌湘江抒壮志，秋披皓月染旌旗。
今来尽见风光美，万紫千红满碧枝。

赞宁夏“十四五”规划

辉煌六秩写春秋，赤帜高飘战未休。
才向潮头腾巨浪，又吹号角逐风流。
勤描前景金光道，奋楫情怀岁月稠。
远见驰奔皆勠力，民生福祉展鸿猷。

（选自《朔方》2021年第7期）

刘秀兰

摘柿子

霜气渐浓色欲流，手摘柿子醉心头。

香风忽起繁枝上，一树金黄半树秋。

（选自《朔方》2012年第7期）

踏莎行·西施

落日云霞，苍茫丛苇。绮风书月销魂醉。太湖无影范蠡人，几时再见西施美。

去者无追，休言怨悔。孤鸾苦短随缘贵。前程误了否今生，何曾记得相思味。

（选自《朔方》2013年第10期）

忆周总理参加的一场舞会

1960年7月间，中国“第三次全国文艺代表大会”在北京人民大会堂召开。当时我是大会的工作人员。

一声小鬼润心房，亲似爹娘暖似阳。

吴韵国音情切切，却缘总理爱心长。

观旧照忆田汉先生

风度斯文儒雅人，雄词激起怒涛奔。
狂飙一曲惊寰宇，义勇军歌壮国魂。

忆和梅兰芳先生在沙滩合影

九月沙滩云淡淡，神情可敬笑声声。
祥和一片秋光鉴，满面流霞映晚晴。

（选自《朔方》2014年第7期）

春日独行

碧水蓝天景色幽，平湖如镜荡扁舟。
悠然绿树婆娑舞，醉美风光眼底收。

忆婆婆补衣裳

弱身颤手银针抖，艰苦愁容引线长。
摇落残阳深夜里，无声密密补沧桑。

（选自《朔方》2019年第8期）

刘昌文

无题

听曲题图著乐章，提升艺术到厅堂。

宁撕稿纸三千遍，不出粗辞一两行。

清澈林泉培净土，从容岁月品朝阳。

轻松捡起含情笔，描绘人生入画廊。

半夜线路抢修

雷公一怒半空鸣，抖动山河万户惊。

电站淋汤查故障，全员抢险赴征程。

不分平路盘坡路，难辨钳声雨点声。

满载疲劳回小舍，停车未稳已天明。

（选自《朔方》2019年第6期）

刘剑虹

移民

平田整地盖砖房，筑路修渠栽稻秧。
爱及深山扶苦瘠，温通贫困富穷乡。
远离干旱描新绿，近拓大荒更旧装。
生态移民都道好，黄河岸畔杞花香。

农家乐

粉墙红瓦树婆娑，庭院宽宽放木桌。
碧叶阴遮炎日爽，小舟轻荡苇湖波。
熏烧亲钓黄河鲤，品味应推塞上鹅。
畅饮频添红杞酒，农家康乐笑声多。

（选自《朔方》2011年第11期）

马尾船政

马尾船坚图自强，百年坎坷育辉煌。
水师击浪依钢舰，银隼腾空护海疆。

科技师夷兴学校，人才拔萃出西洋。

港湾仍旧容颜改，巨舶万吨从此航。

鹧鸪天·念父恩

慈父西游六十秋，深恩未报记心头。顶风冒雨挥锄斧，戴月披星越岭沟。

亲未养，泪空流，少年立志学争优。家兴常念先人德，子子孙孙孝不休。

（选自《朔方》2012年第11期）

思念

寒天雁不归，独自倚窗扉。

寂寞无人问，相怜知是谁。

葡萄

贺兰山脚绿廊长，串串葡萄叶下藏。

果肉甘甜争入口，醇醪一醉忘归乡。

（选自《朔方》2014年第8期）

惜春

渠畔居家远俗尘，眸中堤岸换新茵。
三阳开泰家国泰，圆梦犹需惜好春。

感怀

岁月匆匆随意行，秋霜染鬓世无争。
羊追新绿春光媚，我恋夕阳舞步轻。

同窗聚会

学子白头谈笑欢，情真缘自爱心牵。
晚晴犹恋霞辉灿，广植菩提种福田。

咏贺兰山东麓葡萄产业带

如画如诗自不凡，兰山抱翠白云间。
珍珠挂坠千秋架，绿叶蒙遮万粒丹。
玉果争鲜国内宴，干红时醉饮中仙。
酒庄高技多佳酿，誉满九州香满天。

（选自《朔方》2018年第1期）

闫云霞

野荷情怀

翠岭延绵点旱莲，一溪香水入远川。
亭亭张伞新蕾动，款款临风紫燕环。
惊艳黄花沁人醉，留连俏妹笑声欢。
翩跹群鸟嘤鸣啭，似说江南逊六盘。

踏莎行·六盘溢彩

泾水清清，六盘霭霭。松涛苍翠波如海。老龙掬起水三潭，青山着意描边塞。

鸟唱山歌，龙吟风采。梯田叠叠飘裙带。春播希望力耕耘，秋收金穗盈车载。

（选自《朔方》2012年第4期）

中卫

平沙劈地胜神工，一扫荒凉春意浓。
紫气腾腾人赞后，绿荫脉脉鸟鸣中。
干群何俱三番苦，襟抱能容八面风。
队队征鸿碧霄去，直翔银汉傲长空。

望海潮·人进沙退话峥嵘

噬吞疆野，磨消声色，腾戈万古萧然。林木死光，青禾压尽，年年痛失粮川。苦难重如山。看桂城覆没，遗泪成泉。沙迫家迁，人嚎鬼泣怨苍天。

擒龙五秩掀澜。有红旗引领，万众争先。挥汗顶风，忘饥忍渴，高歌响彻尘寰。慰父老先贤。令沙荒败阵，还我良田。巨变沧桑，人形雁队带春还。

（选自《朔方》2014年第2期）

闫正罡

塞上春色

其一

翦翦春风生艳景，繁花秀草柳丝垂。

白鸥浮鸭戏浪雪，绿岸流云入碧漪。

其二

杨柳依风飞白絮，黄原四月正犁春。

北归连雁青云里，古道萧关碧草茵。

沙枣

纵无桃李姿仪俊，但有芝兰馥郁浓。

形似珍珠悬异彩，色如琥珀披银茸。

冽风卷扫残枝叶，瑞雪封冠野树容。

笑看风沙戈壁怆，倚枝不落度三冬。

（选自《朔方》2020年第7期）

闫立岭

一月雪舞

雨洗长空晓树寒，晨风微暖起林烟。
初春窗外无花色，雪漫贺兰雪满天。

二月花开

雀语枝头不觉寒，青杨嫩柳舞春烟。
朔方再饮黄河水，花满银川絮满天。

三月春满

塞上风沙惹梦寒，飞花飘舞笑尘烟。
松涛绿浪不经意，春满湖城春满天。

（选自《朔方》2013年第6期）

青丝垂梦

深夜无眠待发干，只因月下叙情缘。
青丝垂梦流花语，明日相约看远山。

古韵红梅

——贺西夏诗社成立十周年

已托明月寄哀愁，琴曲心歌荡晚舟。
雾染悲欢观睡柳，霜渲平仄叹琼楼。
新声古韵摇诸海，白雪红梅笑列侯。
谁怕仙游骑鹤去，音回大地绕三周。

忆江南

银川美，风景胜从前。春暖夏凉秋似锦，人勤湖绿画抒田。垂发笑淑娴。

鹧鸪天·飞燕

九月绝踪三月繁，野菊姿次杏花鲜。不辞南北崎岖路，只恐秋冬无限寒。

桃花艳，笑春烟，穿梭风雨亦心酸。碧空也要飞星浴，望月披袍上碧天。

（选自《朔方》2014年第5期）

祁飞龙

春分

细雨微风遍地春，催青万木燕相邻。

烟村十里鸡鸣早，喜看田间撒种人。

雨后晚景

畅达南北彩桥横，半面乌云半面红。

紫燕披霞斜剪雨，东西晚景不相同。

学诗

寒来暑往把词填，岁月无痕梦枕边。

历次裁诗多病句，半生运笔少佳联。

情随墨砚幽浩境，心系宋唐格律篇。

一盏孤灯相伴处，斜风细雨笑流年。

（选自《朔方》2017年第10期）

彭阳

清清茹水向东流，两岸风光满目收。
栖凤苍松白雾渺，悦龙翠岭碧泉幽。
声声鸟语迎朝日，缕缕花香醉锦楼。
喜聚乘筏追梦处，文明生态唱金秋。

（选自《朔方》2018年第5期）

贺兰山

峰高崖陡入云边，曲径驱车走贺兰。
壁画雕岩寻百迹，沙丘断垒忆三关。
轻飞红鸟容颜美，稳步青羊意志坚。
千古啸声传耳际，今朝过客勇登天。

登固原古城墙

原州雨后如诗画，水秀西湖月影寒。
漫步城楼嘘断处，追思史记索文源。
山城灵地人杰聚，秦汉华章遗迹传。
号起剑鸣今远去，萧关古道换新颜。

重登黄河楼

兴来酌酒抒胸臆，更上高层展醉眸。
薄雾清风云梦寄，长桥黄水浦帆流。
诗成总把情怀荡，志满还将侠骨留。
万物苍茫留眼底，今朝故地且重游。

（选自《朔方》2017年第10期）

彭阳耳朵城感怀

云崖感慨远兵端，履险惊绝耳朵环。
风掩高墙观古迹，烟浮浩宇倚苍山。
一溪碧水青城下，几户人家曲岸前。
世历推移抬望眼，边陲要地锁雄关。

登金鸡坪七彩梯田

着意酣兴踏岭巅，梯田万顷入眸间。
千层碧浪烟中笑，七彩丝绦陌上缠。
雅态翩跹留墨里，仙容靓丽润毫端。
红绸铺就攀云路，不倦情怀气象宽。

（选自《朔方》2019年第12期）

祁国平

辛卯春登贺兰山

旭日从东起，男儿壮志扬。

抬头山更远，松柏傲骨香。

银川雪

塞上入寒流，纷飞几点休。

初心如玉透，白首一轻舟。

登六盘山

攀山自有崎岖路，不畏艰难克北途。

铭记红军流血汗，峰顶能览众山图。

（选自《朔方》2018年第8期）

赞福建援宁女干部

东西一线闽宁牵，重任扶贫挑在肩。

望月回看林木秀，霜添两鬓壮心丹。

福建援宁科技工作者

痴心苦钻把根生，菌草研推事业情。

两地奔波持久战，脱贫喜讯总聆听。

（选自《朔方》2021年第4期）

许凯

谒烈士陵园

宛似英雄下太行，硝烟未尽演兵场。
青山只为忠魂秀，霜萼唯依战士香。
雨过长城风作阵，星归虎帐树排枪。
军旗一振天狼遁，何处刀兵敢犯疆。

教师颂

其一

传薪授火会当时，唐宋重辉事可期。
正气盈胸堪铸范，文章傲世敢为师。
校园寂寂连天下，朱笔沉沉到古稀。
心有神州风物远，松杉遍地为君齐。

其二

讲台三步似长征，万里关山万里情。
识字先教人大写，培根还嘱事躬行。
春田细雨新苗壮，小树微风嫩萼红。
粉笔一支花是血，年年锦绣自心成。

（选自《朔方》2013年第3期）

大河晚照

芦荡茫茫岸草平，柳林开处路新成。
春田远傍烟村绿，晚树低回落日红。
风卷杨花依古渡，桥牵紫气贯边城。
高楼纵目银川近，车向昆仑水向东。

六盘林海

梯田古塞层层上，落日斜晖过六盘。
树满云峰千壑绿，荷铺清涧一溪圆。
流莺叶底翻红雨，烈士风前啸洞天。
若许人生常自在，濯足应向老龙潭。

黄河圣坛

铸鼎青铜意自长，金波万里正茫茫。
洮湟尽化天边雪，晋陕还融塞上霜。
一啸惊涛烟水阔，两分春色稻粱香。
牛羊日暮归何处？杨柳东风胜汉唐。

（选自《朔方》2015年第5期）

许东君

过沙湖

天赐一泓水，长汀大雁排。
风吹光影动，日荡芦花开。
沙浪车出没，湖舟客往来。
波淘戈壁岸，千古自然裁。

（选自《朔方》2012年第8期）

西长城

烽火兰山麓，蜿蜒一段垣。
断层黄土铸，叠脉紫峰盘。
铁马出关北，金戈下塞南。
长城行万里，疆御越千年。

将相和

草根拔萃木，出道压群舌。
完璧章台会，成功秦柱折。
渑池击缶对，将相避车和。
社稷双英在，雄风堪楷模。

（选自《朔方》2013年第3期）

银川行

唯恐打的迟，红灯几处急。
寻方延丽日，用事借良机。
画里交执友，席间长见识。
未觉言语尽，聚散欲何时？

古城元夜记

月从十五圆，夜照古城颜。
烟火梅花绽，客流龙凤盘。
赏灯十里灿，合影万家欢。
相伴不知返，留得明日谈。

（选自《朔方》2013年第10期）

贺北斗系统迈入全球时代

面壁二十年，今朝覆宇寰。
跻身四强阵，比翼九重天。
情筑中华梦，志夺欧美关。
群星期北斗，领秀凯歌还。

九龙壁玉石

浩浩九龙江，殷殷蕴璧王。
纹生潮水碧，石卧玉山苍。
朝贡明皇贵，家藏蓬筚光。
遥迁边塞地，风雨阅沧桑。

（选自《朔方》2019年第9期）

走进石嘴山

兰山东麓黄河畔，石嘴横空扼塞关。
汉墓千年连夏冢，长城万里战匈顽。
封滩育草开耕地，输电掘金筑杞园。
红柳依依染戈壁，星湖处处起楼盘。

（选自《朔方》2020年第8期）

许金平

银川市鸟喜鹊

湖城生喜鹊，春色灿芳菲。
雪羽沾清露，墨翎耀紫晖。
盈盈穿绿树，恰恰唱红梅。
但展菊花翅，定携喜报归。

元夜思

暮云低远树，兰室荡幽香。
菊砚蕴情义，梅头淡雪霜。
思君看月满，吟唱叹春芳。
杳杳无觅处，余音更断肠。

（选自《朔方》2014年第5期）

游棒棰岛

海水如紫玉，双舰荡清波。
雪浪扑花贝，绿苔缀玉螺。
褐岩流墨彩，碧藻散石砣。
远望棒棰岛，苍茫紫气多。

留园小吟

玉竹绿水绕留园，桃叶兰花入眼帘。
灵草怪石突兀处，红廊绣阁映春泉。
鹅卵铺路知朱户，尽展读书笔墨缘。
几百年间颜不改，留之后世敬贤瞻。

忆江南

和风细雨沁花香，燕语莺歌亦断肠。
流水高山琴瑟度，陈年翰墨费思量。
别来沧海一枝粟，昨夜红梅入梦乡。
遥望芳草天外处，长亭烟淡鸟啼长。

（选自《朔方》2015年第3期）

女儿生日感赋

三月新桃绽凤城，家中小女秀春萌。
凝瞳欲笑唇先抿，一句娘亲最动情。

秋日游银川岩画园

秋月如银雾色浓，登台携友赏亭钟。
琼花树下铺幽径，岩画园中探虁龙。
九曲游廊听水韵，三巡壁刻眷苍松。
高泉流泻霓灯处，天籁笙歌绽玉蓉。

（选自《朔方》2017年第3期）

丁酉秋夜读书小憩有思

华灯初上夜，停笔瞰香街。
暮霭连天地，星辰缀玉阶。
笛歌飞碧宇，古月挂秋槐。
风过书窗处，丹青入梦怀。

湖城观雪

晨光才泄倚楼望，银粟连天若锦床。
灌木如菇镶白冠，玉湖似毯映红廊。
瑶华漫透松窥绿，翠带依稀柳见黄。
一道冷风西北过，警花云鬓挂冬霜。

（选自《朔方》2018年第3期）

初访徽州宏村

古巷疑仙子，挥毫胜境来。

石桥排秀户，流水浸芳苔。

雀角飞层宇，藤花绕巨槐。

羡观湖畔鸭，闲戏自徘徊。

（选自《朔方》2018年第11期）

学书有感

绿城十月柳迎宾，秋染清风秀草茵。

艺路万梯寻晋味，墨香三卷觅贤珍。

鹰翔云际蓝天远，苑汲芳霖玉色新。

朝露人生多自勉，腹中诗意笔如神。

秋日游太行山有作

昨日诗篇临画梦，太行之旅始成真。

红枫石路盘芳栈，玉瀑香溪润碧茵。

风醉篷车千壑远，雨滋笼柿万枝新。

空山鸟啭愁心去，峡谷无音五柳邻。

（选自《朔方》2021年第4期）

杜枚

西风独向太液池

霜打罗裙水渐寒，芙蓉红褪绿枝残。
蒹葭萎雨孤舟远，太液西风对断垣。

初冬独影东书房记

山知萧瑟过秋黄，昨日余胭换素装。
川上萧条何忍睹，杯中残酒怎相当。
雁鸣霜后西阳浅，我怨庭前晚菊殇。
此去月初更欲长，独邀影单坐书房。

临江仙·夜月兰舟

谁又付了秋水？相随一笛眉楼。秋浓菊淡数江鸥。滩头初月夜，夜月上兰舟。

谁又负了秋水？独横一笛眉楼。秋霜菊晚怨江鸥。西窗残月夜，夜月过兰舟。

（选自《朔方》2016年第3期）

卜算子·听箫

芦荻荡风咽，随了秋霜伴。雁行无声宿远山，湖上舟行懒。

晚露湿眉帘，长夜无灯剪。腊染云丝绾素簪，无奈随香散。

青玉案·闺情

风欺柳老狂吹絮，落地后、飞天去。晋水秦川连极浦，夕阳如豆，乱鸦如雨，夜宿桃花坞。

楼台一点愁千缕，千缕离愁对谁诉？回首旧时相会处，紫藤初蕾，绿荷初举，月满林间路。

（选自《朔方》2017年第3期）

乙未春过兰州雁滩黄河大桥

雁滩桥指白云观，望断黄河独凭栏。

欲越三千春已暮，尘烟低处落弥磐。

四月牡丹

西园羞坠梨花雪，绽蕊奚嗔素缟裙。
闲卧长安帘半处，紫阳宫外落诗文。

（选自《朔方》2017年第9期）

登塞上秦长城

秦筑长城三万里，残垣沐雪卧城西。
当年荒冢今安在？千顷良田待铁犁。

过汉唐帝王陵随感

汉唐气象越千年，今日迷茫问杜鹃。
灞岸柳黄莺未老，唐宫歌杳恨堪传。
英雄路尽谁曾惜，儿女情长我独怜。
更叹关中诸帝子，如今北向列陵编。

寄怀

墨懒琴闲菊挽头，夜风案上送寒秋。
灯浮素毯雪霜迹，影映琉璃浓淡愁。

润笔悬勾忠信雁，扪心空忆去来鸥。

如何不与风尘伍，重奏忘机向海州。

宴清都·听《潭影空心》箫琴曲有感

雾霭霏微晚，风竹起，茶花萎了雏鹳。低回松涧，一潭碧水，桂花两岸。唐梅宋柏初眠，雁声过、波惊似绢。抵幽处、山岳沉壶，冰魂不问箫远。

云鬟澹袖低弹，落弦林外，石吟风咽。琴舒曲慢，天庭人间，鹿鸣莺啭。怎消千岁梅花，千尺潭、琴音镜看。空山寂、影弄琴箫，素手拂扇。

（选自《朔方》2018年第2期）

杜学华

雨中登沙湖观鸟台

湖心岛上鹭翩飞，芦苇青青横翠微。

细雨连波山色远，扁舟一叶问渔归。

雪后过三关口长城

三关口外数重山，云锁嵯峨雾锁天。

风入残墙翻旧事，雪拥断壁忆狼烟。

（选自《朔方》2017年第5期）

春日过婺源农家

竹韵清幽日影斜，桥东溪畔有农家。

多情最是窗前柳，漫挑丝绦织晚霞。

初冬过黄河

霜冷长河草木哀，北风吹雁影徘徊。

苍山寥落云飘絮，残照迷离浪打台。

逝水汤汤淹岁月，流年寂寂噬心怀。
何当纵棹赴沧海，漫看惊涛滚滚来。

（选自《朔方》2018年第5期）

访龙泉山庄

春山新雨霁，岭外暮云横。
古冢苍苔暗，长城夕照明。
泉流声脉脉，花动影重重。
抬望天边月，悠然一苇轻。

游贺兰山苏峪口

云起春山叠浪高，危岩峭壁砺风刀。
红尘滚滚迷人眼，翠柳依依远市曹。
卧虎石边寻虎迹，青松岭下听松涛。
前程何必神仙指，我自长吟意兴豪。

（选自《朔方》2019年第12期）

杜晓明

满庭芳·武昌首义

雨洗寒江，岸萦衰草，黄鹤楼外秋深。百年辛亥，变幻几晨昏。静听雁声断续，仿佛是、枪炮低沉。繁华里，船来车往，旧梦可堪寻？

当年逢乱世，朝廷朽败，外寇交侵。数青年首义，欲救国民。群起推翻帝制，江南北、去旧布新。共和事，自兹以后，却论到如今。

汉宫春·辛亥百年奠中山先生

秋尽江南，看依依杨柳，犹绿楚天。钟山风雨，应会见证从前。辛亥洪波，造共和、风起人间。曾记得，“三民”伟略，更传未竟训言。

可叹先生，一生事、驱除鞑虏，重整河山。未曾安闲几日，国步维艰。清愁不断，哪得知，地覆天翻。听告慰、中华崛起，梅花丛里安眠。

（选自《朔方》2011年第10期）

李涛

水调歌头·登镇北台

大漠长城峙，天下一台雄。当年烽火燃处，走马话平戎。多少征夫白骨，翻作春闺血泪，遗恨总难终。千古兴亡事，凝眺意无穷。

寻故迹，掩残卷，阅新容。云开雨霁，桃李不尽正春浓。无定河边群厦，易马城前芳树，生气满寰中。华夏云龙起，扬首势横空。

沁园春·初夏府谷

云起龙骧，春风化雨，膏润九州。看府城胜概，山川竞秀，牛羊追野，谷黍覆畴。煤海掀波，浪迹欧亚。动地歌吟脍炙口。问父老：纵千年贫病，焉肯无休？

连天鳞栉群楼，更烟柳河滨戏鹭鸥。恋东山含翠，西川吐雾，一抹霞彩，几叶飞舟。桥系晋秦，水连神府，一代新人志未酬。长歌起，指大鹏飞处，万里云头。

（选自《朔方》2015年第12期）

李玉民

八声甘州·贺兰山岩画

勒千般气象遍崖头，神功耀人寰。借雄风幽谷，重峦叠嶂，一展奇观。耕猎恢宏愿景，该为子孙传。何畏峻石硬，志在山巅。

斗转星移良久，历悠悠万载，终露芳颜。纵淡装素裹，高雅傲云端。挟风霜、昭彰远古，寄悬疑、更欲觅当年。流连醉、身临穿越，恍若游仙。

一斛珠·对酌

万家灯火，佳肴美味皆心切。亲情小聚迎周末。玉液琼浆，尽享天伦乐。

空巢未必凄凉舍，烹炒不减香和色。开怀对饮馋星月。儿女视频，更伴温馨夜。

（选自《朔方》2017年第2期）

离亭燕·宁夏引黄古灌溉区申报世界灌溉工程遗产成功

引领激流登岸，豪取浪涛浇灌。野绿粮丰耕塞上，再造江南无限。不懈两千秋，堪作寰球经典。

沃土雨稀干旱，奇迹辈出频现。咆哮黄河担大任，更叫古渠盈满。世代享甘霖，勿看天公眉眼。

浪淘沙·1977年高考

大地起狂飙，激荡云霄。仿佛梦幻涌心潮。知是神州重抖擞，喜上眉梢。

临阵夺晨宵，寒腹嗷嗷。悬梁刺股狠磨刀。金榜题名终有果，勠力追超。

临江仙·农场秋色

沃野金秋风送爽，正迎硕果飘香。黄河岸畔聚辉煌。当年盐碱地，今日米粮仓。

创业艰辛歌满路，眼前一派新装。宏图大展又开航。雄心求跨越，发展续华章。

临江仙·机械化割草打包储存

无尽葱茏闻鼎沸，趋前别具风情。目酣神醉不虚行。人工颇罕见，唯任马达鸣。

利剪劲削方落地，口吞又入囊中。打包绝妙惑天公。神奇堪赞美，科技遍称雄。

（选自《朔方》2018年第7期）

风入松·庆祝母校西安科技大学六十华诞

伴随跃进启航程，历历尽峥嵘。鹏程万里输才俊，博煤海、逐鹿群雄。独领风骚西部，竞添华夏恢宏。

欢歌勇创越巅峰，壮志傲苍穹。倾心铸造新高地，舞台阔、虎啸龙腾。回首辉煌满目，远瞻豪迈盈胸。

朝中措·扬州平山堂眺望

平山堂上眺晨空，山色在心中。未顾春寒料峭，不知冒雨迎风。

悠闲老叟，驱前万里，情有独钟。崇拜先贤诗品，何曰已是衰翁。

（选自《朔方》2019年第4期）

李永峰

春日览山偶得

几树桃红惹素尘，游蜂浪舞祭花神。

乘风尽览河湾景，信手拈来一段春。

赞大漠防护林

流沙阵里定风丹，滴灌成林几许艰。

三北精神传百世，遍植绿梦染荒原。

戈壁小花

见证苍茫见证春，嫣红点点落星云。

微躯何惧风沙骤，我自佼佼大漠人。

乡忆

一地歌声伴落霞，追风戏水上学娃。

油灯照亮心中路，火炕催生梦里花。

（选自《朔方》2018年第11期）

李宁善

暮春

迟日子规来，槐花尽兴开。
幽香绕水岸，风雅入襟怀。
紫燕泥巢筑，果农桃树栽。
轮回无止境，好景正徘徊。

深秋

晨起氤氲重，徜徉步履轻。
人过家犬吠，雨霁野花生。
叶落三秋暮，鸿飞两翼风。
黄河流不尽，滚滚向东瀛。

（选自《朔方》2012年第9期）

八声甘州·壬辰中秋公园赏菊

到中秋月色最风流，恣意洗山川。看黄花弄影，蛩声泛月，曲径斑斓。是处白菊如雪，嫣紫染霜天。万种风情在，妙不堪言。

月下诗菊争艳，论蕊寒香冷，能点能圈。觅东篱余韵，却在版竹间。卷珠帘、花肥人瘦，抱枝残、哲理句中含。湖边叹，今宵太短，期待来年。

踏莎行·唐徕渠畔观荷

蓓蕾生晖，幽香袭岸，晓风送爽情无限。清涟君子踏波来，荷塘屡见双飞燕。

袅袅迎晨，依依惜晚，相濡以沫群芳赞。纵然藕断却丝连，枝枝并蒂莲花绽。

（选自《朔方》2013年第4期）

满江红·甲午一百二十年祭

甲午风云，血与火、何曾忘却。北洋舰、沉沙折戟，全军覆灭。朝野震惊留遗恨，国殇淡定应为诫。跨时空、海上见忠魂，常呜咽。

雪仇耻，民心切。看试手，裰天裂。次刘公岛下，挽弓如月。燕赵悲歌犹未谢，中流击水齐飞越。唱大风、豪气壮山河，坚如铁。

（选自《朔方》2014年第12期）

李建敏

牡丹

独占天香谷雨中，千娇百媚弄春风。

何人驻足陪花笑？莫是凝脂戏醉翁。

夏日抒怀

柔风疏柳放晴天，丽日枝头百果鲜。

久旱东城欣得雨，初炎北岭喜浮烟。

江长明月珊瑚老，海阔高山草木连。

心事洗清裁旧梦，世尘逐去写流年。

（选自《朔方》2019年第6期）

李茂林

行香子

花蕊丁香，紫锦霓裳。梨花泪，寸断情殇。一汪秋水，眸瞩他乡。忆旧时光，思绪泪，最忧伤。

流年如水，青丝变霜。望苍穹，星汉茫茫。暮春将至，蝶梦飞翔。素笺怀绻，心凄忾，断柔肠。

钗头凤

韶华负，经年舞，可怜红粉金兰处。忧相识，缱情笔，伏案填词，夜空恬谧。惜、惜、惜。

梅花伫，雪枝鼓，鬓霜飞染禅心悟。寒心觅，锦裳饰，昙花惊断，梦萦聆笛。忆、忆、忆。

（选自《朔方》2018年第11期）

忆江南

芊花谢，风净一尘瑕。春雨无知花下事，轻风寒雨揉琼花。摇拽彩云霞。

容淡淡，凭树望新芽。过眼云烟皆梦蝶，玉帘青影默葭葭。魂断梦天涯。

雨霖铃

林园飞絮，碧烟飘雨，万树苗圃。衔花坛护栅隐，轻风入径，芊花香妒。入夏莲蓬出水，悦诗风欣舞。蝶恋园、琼水喷泉，绿道街灯粉花处。

偶闻燕雀追呢语，别依然、暮色春何去。山香重染七彩，涧渐远、别情谁诉？泻梦流年，归穴来风，绿萍苔露。再续旧、魂化无垠，暗问相思汝。

（选自《朔方》2020年第3期）

李高清

雨夜

连宵听细雨，落叶舞霜风。
寒色梧桐上，秋声蟋蟀中。
孤灯湘水暗，独枕楚天空。
万里思归客，遥怜一隙红。

鹧鸪天·咏柳

万缕撩人太瘦生，长条荡漾惹轻名。随风云断孤舟远，弄影窗前伴月明。

邀舞燕，困流莺，从来张绪最多情。年年欲写回文锦，却有千丝织未成。

（选自《朔方》2016年第2期）

中山古镇

笋溪河畔瓦烟轻，豆腐糍粑旧有名。
云雾隔窗喧笑语，松风月影共梆声。

鹧鸪天·磁器口古镇

石板痕留感岁华，楼头俯仰夕阳斜。一行白鹭浪花远，几点渔灯映荻葭。

毛血旺，陈麻花，几回随梦到天涯。苍桑历尽知求变，滚滚嘉陵溢彩霞。

（选自《朔方》2019年第12期）

连日暴雨有感

雷鸣闪电震山川，泥石流沙断陌阡。
眼望良田成泽国，耳闻房屋化尘烟。
脱贫又遇倾盆雨，防汛偏逢抗疫年。
不管风云多变幻，共和大厦自岿然。

中秋夜

细雨微霜染叶黄，蒹葭秋水雁声长。
今宵有泪三更尽，明日收心一饭忙。
梦醒孤窗遥对月，魂归板屋去朝阳。
新闻都说家乡好，整起行囊向小康。

（选自《朔方》2021年第11期）

李能俍

统万城口占

白城犹在世，竖子早成烟。
冷雨敲残戟，黄沙埋断垣。
兴亡千古演，治乱几人参。
漠漠平林起，飞飞雁字旋。

红石峡摩崖石刻观后

南北溪流疾，东西壁立高。
谁匀水喷涌，来写石雄豪？
将气文情合，神工鬼斧雕。
黄沙红峡里，似见霍嫖姚。

红碱淖口占

其一

碧水金沙里，天然画绝伦。
波开收日月，岸远起林榛。

锦鲤翻成阵，银鸥舞作群。
呼朋轻艇上，啸咏意清新。

其二

谁人倾玉浆，一洗瀚海黄？
潋滟平湖出，葱茏绿锦张。
盟鸥消俗虑，击楫鼓诗囊。
云影天波里，吟情老更狂。

（选自《朔方》2015年第6期）

李增林

观宁夏台湾书画交流展

两岸原兄弟，一家本血亲。

丹青圆晓月，翰墨驰河津。

阿里白云绕，兰山骏马奔。

但期合璧日，大写我龙人。

黄河圣坛感赋

宝鼎歌兴盛，圣坛感乳恩。

祖娲生我类，河水铸民魂。

咆哮驱强寇，奔腾跃龙门。

黄河流不尽，天下万年春。

西部影城

华夏西陲有影城，明清古堡废兵营。

垣残成垄枯林木，朽化为神颖地灵。

家国盛衰刀剑影，情缘聚散雨霞萌。

情融斯景呈佳境，影视繁荣树盛名。

仲夏沙湖游

碧水金沙映彩霞，鹂歌岸柳伴荻花。

芦争绿簇翔鸥鹭，舟竞银波跃鲤虾。

登岸滑沙童趣漫，骑驼征远古思遐。

茅亭更喜清风渡，疑步秋江澧水涯。

（选自《朔方》2012年第2期）

杨波

长征

征程万里越重关，笑对千难敢胜天。
弹雨枪林何所惧，红旗漫卷六盘山。

沁园春·百年颂

幸有红船，承载初心，驶向光明。忆南昌起义，红旗猎猎；秋收暴动，呐喊声声。拯救中华，驱逐日寇，解放全国号角鸣。欣回首，看山川海域，一派欢腾。

神州走向辉煌，历无数风云见彩虹。睹葵花向日，春回大地；嫦娥探月，歌入长空。精准扶贫，举国抗疫，开启奔康指路灯。思潮涌，沐阳光雨露，感党恩情。

（选自《朔方》2021年第7期）

杨柳

读史

屈子投水汨罗江，秦国酷刑裂商鞅。
月下萧何追韩信，河边姜尚遇文王。
霸王不睬范增计，蜀相岂纳魏延方？
纵是英才失机遇，生不逢时空惆怅。

柳梢青·剪纸

一把剪刀，一张彩纸，看似平常。五指琴弦，随心弹奏，龙凤呈祥。

心头春景荡漾，喜民间艺术弘扬。装扮人生，铺呈锦绣，绘尽春光。

临江仙·苦苦菜

阡陌山间镶绿痕，黄花抖露精神。不求肥水不需耕。荒年救穷汉，甘苦潜悲辛。

酒足食丰思绪浓，萦怀难忘情恩。勿言冷寂少人寻。青年尝野味，餐桌铁哥们。

（选自《朔方》2019年第2期）

杨俊

油菜花开

油菜花开满目黄，故乡千里画金妆。
春风闲步蝶蜂舞，谁与天涯一缕香？

初冬京包线

冬日旅途好，丰姿别样生。
无边空木立，一片碧天清。
禾谷多多贮，孤烟静静萦。
高原风醉我，黄土是乡情。

雾霾

又听神州几处哀，紫烟敝日已成灾。
楼台恍若云中绕，道路疑如景里裁。
外出须臾蒙面罩，居家时刻恐窗开。
只祈碧水蓝天现，低耗减排挥剑来。

行香子

长夜无眠，残月人怜。漫凝眸，盈泪凄然。红尘名利，心苦神烦。叹隙中驹，水中影，戏中言。

鲲鹏谁识？壮志酬难。且疏狂，一醉如仙。羡渊明去，偷得浮闲。对一张桌，一壶酒，一方天。

（选自《朔方》2015年第6期）

杨石英

苏峪松涛

履险爬坡峡径行，一山古木郁葱葱。

清风奏响松涛曲，妙释劬劳万虑空。

沙海碧螺

谁家翡翠落金盘，时令游人兴未阑。

万古荒原人迹少，蒹葭一片引鸥缘。

艾依清波

最宜水岸建茶楼，墨客骚人喜聚头。

摘取江南三五景，秦淮画舫此中游。

（选自《朔方》2015年第5期）

杨作枢

观黄河金岸有感

铺金蕴秀大河旁，千里平川稻正黄。

欲问风光何处美？塞上江南鱼米香。

芦沟桥头敢死队赞

芦沟桥上大刀飞，将士出征不复回。

热血满腔洒沃土，忠魂护国化子规。

（选自《朔方》2012年第2期）

杨森翔

卜算子·除夕

昨夜梦琴声，花弄惊鸿影。乍吐珠光动玉弦，夜静人难静。

舞蹈又歌吟，一曲风波定。共话昔时旧燕子，尤念烟霞景。

摊破浣溪沙·吾庐

稻麦飘香晓露浓，鱼歌归去晚风轻。岸柳湾湾穿南北，贯珠明。

笑指吾庐何处是？一桥飞跨大河东。平地突兀高厦里，诵书声。

（选自《朔方》2012年第4期）

黄河金岸

朔方风景异千般，愧我无才表一端。
天賚两星三点雨，地饶五谷百湖鲜。
两堤六线龙盘水，一带十城虎啸山。
北俗南风成气象，休休恰恰且翩翩。

占尽风烟百岁华

河滨已卜是吾家，占尽风烟百岁华。
连嶂楼坛拔地起，横波桥影落平沙。
坐看天水双绝色，行见吴青共一槎。
忽忆摩诘诗意在，兴来独往对琴霞。

（选自《朔方》2013年第10期）

惜春令·秋枫

遥见天边一抹云，霞光漫、正渡秋津。广寒仙子衣绛裳，起舞弄红巾。

万类英姿新，这风景、堪铸诗魂。撷取馨香思寄远，心矢一门缥。

阮郎归·腊九小雪

玉花清晓作余寒，河楼晻霭间。北风漫逐舞翩跹，旋随雨润斑。

红颜乐，鹤发颠，手足肯放闲？霁开斜照向晚天，夕曛山外山。

（选自《朔方》2015年第6期）

阮郎归·端午怀屈原

三闾一去日昏沉，烟云痛古今。龙舟竞渡楚江深，中流洗恨心。

殷鉴在，史书存，时移事愈真。离骚常读辨浊浑，再听渔父吟。

鹧鸪天·京华同学聚会

纷纭往事尽如烟，萍踪一去若许年。云深塞上秋已老，京地相逢月又圆。

喜相见，暮春天，韶华追梦又回还。华灯十里通宵照，塞北江南一线牵。

鹧鸪天·问庄子

披发倚杖问庄周，千年如我几人愁？谁能举酒共明月？何事王粲赋上楼？

说腐鼠，话鹓鸰，鬓边寂寂水还秋。回飞不见辽河鹤，季子归来挂剑否？

（选自《朔方》2016年第11期）

吴茂江

黄河之秋

贺兰山下大河悠，鸟唱鱼翔荡小舟。
生态禾廊天独醉，循环水脉地多收。
沙原稻谷千金画，塞上田园七彩畴。
立体播渔新活力，城乡绿意季常秋。

扶贫

进家入户细心聊，助力村民跃富桥。
布阵攻坚遵决策，真情诚意献高招。
技能育志精神塔，实物帮农福运苗。
乐业安居成美景，青山碧水故乡娇。

（选自《朔方》2021年第4期）

吴淮生

黄河金岸四季歌

春

黄河水，冰解化柔波。塞上花开铺锦缎，高原春色绣绫罗。临岸听渔歌。

夏

黄河水，浇灌绿荫浓。田畔午休风送爽，楼头夜作电机隆。亦累亦轻松。

秋

黄河水，银浪荡金风。瓜果香飘千里外，稻粱齐列谷场中。笑语话年丰。

冬

黄河水，洁玉凝冰封。踏雪回乡辞旧岁，迎春城里务新工。生活自葱茏。

（选自《朔方》2012年第7期）

金婚纪念赠内

同沐阴晴五十秋，斜晖犹照旧妆楼。
三生石上精魂逸，化作红尘鸾凤俦。

为大学同窗2012年聚会作

学苑曾经花烂漫，而今梅雪更斑斓。
枝虬松柏身犹劲，霞照黄昏光未残。
五十四年随逝水，八千里路绕云山。
重逢惟感难相别，散向天涯何日还？

宁夏《夏风》诗刊创刊二十周年

文采风流出贺兰，几多卷帙九州传。
回眸边塞情千首，入谱夏风歌万篇。
揽得方家留妙笔，携来新秀绘华笺。
时人欲问吟坛事，姹紫嫣红二十年。

（选自《朔方》2013年第4期）

吴嘉英

题银川文化城贺兰砚笔会

笔下松风吟日月，胸中雅意贺兰情。
砚乡流韵诗乡醉，且看书家墨结盟。

初秋夜过陶然水岸

晚归灯色映波明，彩带穿城五彩呈。
叹我银川流景美，一湖清气入诗情。

春日感怀

柳绿桃红今又是，清波滟滟起怀思。
经年绮梦烟云散，半世芳华雨雪欺。
细品人生情未了，静听心曲志当持。
闲庭把酒天高阔，醉舞欢歌莫负时。

（选自《朔方》2021年第2期）

何红

踏莎行·端午思贤

端午思贤，悲怀雨涕，楚江总是伤心地。倚阑观史觅忠魂，英名如炬千年碧。

策马边关，笑击雪雨，和平才解兵胸意。喜闻黍酒万家欢，钢枪紧握磐石屹。

（选自《朔方》2017年第9期）

采桑子·从军行

其一

贺兰山下齐歌唱，欢送儿郎。又送儿郎，万户花红酥酒香。

声声鸣笛催离别，人去扶窗。恐去扶窗，泪语丝丝化骨肠。

其二

西风逐雁排云上，甘舍时装。偏爱戎装，壮志儿郎向海疆。

柳营汗洗星河朗，枪挑寒霜。笑傲风霜，喜看万家灯火煌。

（选自《朔方》2018年第11期）

何鹤

浣溪沙·京城四年感怀

纵目琼楼第九层，坐南朝北瞰西城。那年今日柳初晴。

一路涂鸦明对暗，几回失律仄当平。诗心画意写人生。

（选自《朔方》2012年第8期）

岁末偶得

一片归心纵马迟，窗前黄泛柳丝丝。
月从头顶分清韵，人在天涯共此时。
案上红笺诗寂寞，京中游子鬓参差。
西城灯火连天夜，运际阳春浑不知。

鹧鸪天·癸巳迎春

鱼岛阴云布渐浓，寰球放眼不轻松。唯期国梦和谐雨，能绿燕山杨柳风。

平仄路，古今同，帝王庙外作书虫。回眸一岁休盘点，无过由来便是功。

（选自《朔方》2013年第10期）

戒台寺

晨钟暮鼓远尘埃，漫卷云霞天际开。
弘法经声扶案起，参禅柳色过墙来。
每从方外寻真善，常戒心中积雾霾。
可笑匆匆名利客，虔诚祷告为求财。

潭柘寺

西山览胜影昏黄，指点风云说汉唐。
但觅玄机缘杳杳，纵观尘世路茫茫。
眸中难辨善兼恶，心底最知炎与凉。
道理何须大佛解，帝王树下阅沧桑。

农安金刚寺

其一

经声过处夜淋漓，滚滚红尘灯火稀。

俗世难调心善恶，佛门或看客高低。

悠悠冷暖浑无界，漫漫轮回信有期？

慧眼浮生休慨叹，茫茫万象隐禅机。

其二

四月芳菲处处新，眼前尽是上香人。

红霞招手云成客，碧瓦流光燕剪春。

雨润经声穿殿过，风携善念与天邻。

磕头许愿曾还否？每有言行须问津。

（选自《朔方》2015年第1期）

何晓晴

沐歌鲁院

金阙腾紫气，浩宇伏虎劲。

沐歌粲流萤，琴声水叮咚。

听君言一席，醍醐灌三春。

箕裘荷清梦，吟风入泉林。

泛舟东湖

百鸟呖声迎晨曦，东湖缥缈隐薪茵。

仰高学府红光绚，望远城池绿水邻。

青岭虚怀涵瑞气，汉江若谷纳天珍。

浪拍舟楫入黉庠，作赋观书醉梦醇。

秋夜思

烟水茫茫始混沌，苍穹影月夜难明。

寒霜飒飒笼边塞，叶落飘飘洒北城。

玉印双莲留石磴，台痕红爪恋繁盛。

枯荣岁序历千练，忧思柴门遗儒生。

（选自《朔方》2017年第11期）

腊八念远

岁尽春临寂月垂，粥浓腊日酒香肥。

玄途羁旅天涯客，乡念何时与雁归。

（选自《朔方》2018年第4期）

春到人间

寒山转翠律声临，叶韵枝头寄梦心。

一样春光千万态，江南江北慢歌吟。

自耕春色春满屋

秋芳正艳蕤生愁，怜惜峥嵘请入楼。

料峭春寒收万瑞，向阳紫气吻枝头。

柳莺始舞冰霜尽，雏燕才飞白雪柔。

有意寻春春不见，无心纳彩彩盈眸。

题祁学斌汉中油菜花照

遍地黄金宛梦谣，田园叠彩赶春潮。

风邀神笔舒天信，月借云霞绘意飘。

白鹤放歌秦岭绣，青牛长啸汉中翘。
一方有韵千载谜，四处游人入画宵。

桃花咏

簇簇粉瑞一朝临，韵入千山画满心。
大地开怀披锦绣，金乌驻足赏层林。
暖阳清朗增灵气，和悦春歌奏丽音。
远水近溪花袅娜，无边骨朵醉燕吟。

（选自《朔方》2019年第11期）

红寺堡移民村新貌

德泽施恩布九州，十年荒漠织田畴。
白杨矗矗堂前立，槐柳依依引水流。
自信精耕缚旱魃，难眠细作播春秋。
红肥阡陌添新旎，绿满城楼一眼收。

炎夏晴好杏开园

风轻云淡艳阳巡，绿掩千家饮醉尘。
麦染金黄年始熟，杏涂七彩色馋人。

涎垂一尺围枝绕，珠挂三竿隐叶身。
又学孩童攀树上，手忙脚乱笑声纯。

（选自《朔方》2020年第7期）

寻幽

晨光铺锦草欣欣，群鸟欢啾卧看云。
蓝缎飘飞花自舞，风鸣天籁一人闻。

空山新雨后

虹霓似练舞云霄，密露如珠四野娆。
鶗鴂高飞过岭难，大鹏决眦越山辽。
竹栖深谷幽然久，荷绿青池自在嚣。
各有林峦心自在，何求渔父懂柴樵。

（选自《朔方》2021年第4期）

何海燕

夕阳

绫罗绸缎挂长空，丽水微澜炫目红。
醉赏夕阳无限好，霞光万里醉江风。

夜雨

树影迷蒙鸟不啁，城边薄雾锁重楼。
华灯未已凄风劲，夜雨清泠似入秋。

七月

流光七月彩云天，景色宜人处处妍。
絮落花飞桃谷外，莺迁燕语柳堤边。
田间风过翻青浪，河畔莲摇泛绿烟。
踏步芳园多观止，情融笔墨赋华篇。

（选自《朔方》2018年第10期）

余丽萍

咏春

浪波红掌白鹅翩，油菜花开馥满田。
远看飞云游翠巘，近临幽草伴清泉。
堤头侧耳黄莺啭，岸上回眸碧柳烟。
雪化冰消春意暖，悠悠岁月漫无边。

即兴

年华渐逝步蹒跚，诗未题成墨未干。
曲径深幽依旧冷，长堤浅绿不胜寒。
桃红李白犹争艳，蜜汁花香可“炼丹”。
雨雪风霜描岁景，纷呈色彩伴咸酸。

贺兰晴雪

乍见东君律令颁，银装素裹贺兰山。
松涛荡荡琼琚集，雪浪滔滔玉树湾。
圣洁清芬消俗念，晶莹剔透净尘寰。
云峰并列晴空阔，奇特风姿展丽颜。

（选自《朔方》2017年第5期）

初春垂钓

芦丛荡漾绿翻新，看似深秋却是春。
倒映高楼湖水阔，浮漂拉线钓竿伸。
图文制作眸前景，岁月回旋指内轮。
突尔沉鱼钩上咬，顿时惊醒岸边人。

蝶恋花·念母

岁月如流人已去，恰是初春，往事同谁诉？影像模糊心似雾，时光短暂难留住。

节至清明思念苦，几束鲜花，姐妹碑前伫。缥缈音容无觅处，凄风苦雨黄泉路。

（选自《朔方》2018年第8期）

咏水洞沟

蜿蜒曲折陡斜坡，左右相通岔口多。
地穴藏兵能伏击，湖山倒影暗扬波。
城墙水岸芦花谷，怪壁崖林载客驼。
古朴苍凉兴感慨，悠思久远放长歌。

鹧鸪天·清明忆父

奠酒焚香绕纸钱，清明时节眺鸿天。云飞应序伤离别，叶落维时总挂牵。

情不已，忆无边，梦中恍惚又当年。坟茔跪拜添新土，细雨依依柳线绵。

（选自《朔方》2019年第6期）

余秀玲

惜春

漫天柳絮恋春来，紫陌香飞入梦怀。
月照离人一抹泪，风催梨树万花白。

秋山图

石上流溪树影长，霞飞红叶映斜阳。
白云有意挽秋住，月枕寒山风送香。

（选自《朔方》2016年第7期）

消失的村庄

高楼林立小屋低，零落村庄渐已稀。
紫燕归来寻旧主，乡愁难寄泪沾衣。

雨思

谁将云雾做纱衣？杨柳微湿绿草低。
阵阵凉风愁绪乱，青山不见鹧鸪啼。

（选自《朔方》2017年第3期）

贵州青岩古镇

客近苗家古镇前，青苔绿瓦醉眸间。

蜿蜒石径深山隐，疑是云开一线天。

无名花

壁罅鹅黄俏蕊枝，青阶翠叶捧芳姿。

花期只赖东风度，纵是无名信有时。

（选自《朔方》2017年第11期）

水调歌头·阅海夜景

塞上起明月，碧水数重天。烟波谁许春梦，何事动心弦？鹭鸟相亲月下，舟舸穿梭如画，一水共缠绵。火树照仙界，阅海夜无眠。

赏楼苑，穿闹市，静听泉。时空忽转，江南塞北换人间。今日湖城续写，独领风骚谋略，圆梦六十年。见证兰山下，美我大银川。

（选自《朔方》2018年第9期）

邹鹏

赞杏林

楚江庚首起瘟云，新冠病毒祸万民。
舞爪张牙魔疫地，赴汤蹈火杏林人。
逆行救死担仁义，奋勇扶伤献爱心。
妙手回春悬利剑，浩然正气斩瘟神。

（选自《朔方》2020年第4期）

登六盘山

缅怀胜迹上高峰，纵览风光二百重。
钢塔银线连日月，虹桥隧道贯秋冬。
山城航港风雷动，古峡腾龙汽笛鸣。
接力长征谋致富，累累硕果慰英灵。

新农村见闻

急路年关古柳旁，茫然不见老村庄。
条条街巷平坦路，座座楼房玻璃窗。
寒夜长空星点点，千家灯火亮堂堂。
春联闪耀金光字，尽写福安赞小康。

（选自《朔方》2021年第7期）

邹慧萍

秋意

从菊烂漫红黄紫，细雨斜织园柳东。
水蹙波寒双鹭憩，桥曲步缓二人同。
贪杯不语响虫醉，借酒浇愁霜叶红。
莫叹苍生如草芥，春发秋藏创奇功。

忆老屋兼怀父母

梦里依稀回故乡，蔷薇牵袖话家常。
灼灼桃杏多结子，郁郁松荫藏紫光。
常记花开春起早，蒸藜炊黍饷田忙。
尤怜梁上双飞燕，衔泥吐哺育儿郎。
旧巢易老空相忆，寂寞庭树照斜阳。

（选自《朔方》2016年第3期）

夜半闻风声有思

半夜风声至，遥怜草木衰。
觉寒加丝被，感遇久徘徊。

慨叹人生半，逢秋意绪哀。

却看清霜里，雪菊犹自开。

立冬夜见月圆有感

立冬九月中，圆月水天同。

人迹因霜少，虫鸣觉露穷。

青枝谁解语，木叶为谁红。

沧海浮云远，拂窗临照扃。

喜见秋阳高挂、霜叶红翠浸暖有感

日近晨光暖紫屋，帘栊轻挑照丛竹。

呼晴檐雀成群过，向暖桂枝华叶疏。

寒雁长鸣人字尽，霜天一色碧云舒。

问君安好凭秋叶，红树随风漫卷书。

（选自《朔方》2017年第2期）

春园即景

小径渐行远，微风拂面清。

枝柯皮未润，泥软草根生。

犬吠或成语，人言一两声。

雀眠春夜静，天暗火独明。

大雪初晴所见

细柳含烟翠，团花映雪红。

禽飞轻点水，鸟过翊双同。

淡淡青云起，芊芊白雾重。

融融春意暖，皋皋日曦东。

（选自《朔方》2017年第11期）

山乡春行

几树深红几树白，谁家庭院任人猜。

粉墙朱瓦参差落，曲径梨花肆意开。

犬吠柴门迎远客，笊篱新燕已归来。

闻声不语自喧嚷，顾影丽人忙摆拍。

惊蛰湘楚记行

云暗楚天三月中，惊雷初炸物华工。

微醺水岸层层柳，恣意篱间点点红。

橘子洲头寻旧赋，浏阳河畔忆蓑翁。

雨狂半夜怜春老，随雁北飞唱大风。

（选自《朔方》2018年第6期）

题打碗碗花

儿时呼打碗，半百称夕颜。

烂漫春风引，伶仃秋雨寒。

自然多变化，世事借情缘。

犹记田间影，牵牛上鬓鬟。

江南春

最忆江南春，微风四野醺。

竹篱繁鸟语，柳岸裹烟村。

渺渺沙洲暗，滔滔白水新。

暮云雷乍响，夜雨动花魂。

彭阳山花

惜春常恨花开早，无奈山花次第开。

巧笑娇娇儿女态，华服款款锦云裁。

沙尘风荡满山雪，霜冻雨侵一树白。
待到来年春好处，婷婷袅袅自如来。

（选自《朔方》2019年第2期）

二月初七晨记梦

梦里满园春，镜前白发人。
儿童追蝶去，巧妇近芳滨。
绿水村边绕，红桃井畔新。
笛声檐雀乱，惊觉疫仍频。

新春居家隔窗望夕晖即景

晚照临窗望，层楼寂寞红。
青山天际外，残雪半云中。
草木春犹浅，人间雨带风。
何当闻紫燕，剪语画堂东？

（选自《朔方》2021年第2期）

沙俊清

喜雪

银满山中玉满塘，梅花遥伴稻花香。

漫天飘得鹅毛落，一片飞花一粒粮。

喜春

黄莺唱曲唤新苗，紫燕衔泥补旧巢。

雪化冰消园草绿，小松当比去年高。

（选自《朔方》2014年第8期）

台湾杂咏四首

神往

神往台湾阿里山，我从西北向东南。

心连宝岛同怀抱，星海湖连日月潭。

拍照

步履匆匆奔远峰，绿杨烟外有红亭。

为拍山上新风景，只拣游人少处行。

台湾山村

海上涛声岭外霞，槟榔树里有人家。

鸡鸣犬吠儿孙乐，一盏乌龙雨后茶。

阿里山三代树

雷劈古木又重生，二代遭劫三代青。

生命顽强堪敬仰，千秋不改恋山情。

（选自《朔方》2015年第2期）

有感

岁月匆匆几十春，水流云散影无痕。

平时多少寻常事，一旦离别又上心。

农家院独坐

人道日光能补钙，搬来小凳坐庭中。

草迎白露花还艳，风送微寒树欲红。

放眼常思云浩渺，怀乡多是月朦胧。

秋阳照背融融暖，绿野传来鸟雀声。

（选自《朔方》2017年第11期）

咏榆叶梅

熬过寒冬未皱眉，春来依旧展芳菲。

游人树下忙拍照，留住人间一片梅。

春到沙湖

草长莺飞二月间，湖平如镜柳如烟。

苇丛点点成群岛，沙海绵绵卧玉田。

汽艇划来分绿浪，游人笑语指兰山。

渔鸥戏水悠然去，啄破白云水底天。

（选自《朔方》2018年第5期）

登泰山抒怀

年逾八旬上顶峰，胸中豪气比云浓。

山行可待他年忆，美景何曾负此生。

登泰山

平生久慕泰山雄，仰视天街似梦中。

子美诗吟玉皇顶，祖龙雨避大夫松。

众山皆小缘齐鲁，五岳独尊对华嵩。

长啸南天门外路，清风万里壮心胸。

（选自《朔方》2019年第9期）

初心

谁人饮水不思源？一片初心是夙缘。

时忆耕耘当日苦，更怀温饱晚来甜。

休从世上贪名利，且向书中读圣贤。

暮岁仍须学不倦，青松到老恋青山。

沙湖秋韵

曾是渔湖若许年，一朝美景现人间。

船行细浪清波里，雪映金阳翠岭巅。

驼影轻移沙海上，白鸥时掠水云边。

谁不说俺家乡好？西子迁来西大滩。

（选自《朔方》2020年第8期）

宋彩霞

次韵李文朝将军《癸巳西府海棠新咏》

又是胭脂乍染时，枝头万朵喜滋滋。

海棠吟咏方生锦，华夏清声正有诗。

秾丽当称西府地，妖娆真胜凤凰池。

春风着意匀颜色，点缀朱门绰约姿。

渔家傲·癸巳雅安地震

噩耗传来堪错愕，人随报道心揪着。星月滞留山一角。崩地壳，尘烟弥漫东风恶。

我欲乘云穿岭壑，鞭雷驭电苍龙捉。但恐如今诗力弱。焦灼灼，焉何不守春风诺。

金缕曲·次韵敬和叶嘉莹先生西府海棠雅集

故苑泠泠水。漾西园、翠波清丽，红楼曾纪。淡注胭脂仙子态，占尽春光妩媚。有老树、悲欢都记。一曲清词来海外，趁东风、光照朱门邸。说世事，赏花美。

海棠红透春光里。这园林、楼台七宝，万千情意。无数沧桑随眼过，多少红颜泣泪。都做了、斑斑文字。禹甸春雷圆好梦，看神龙、今已腾空起。浮大白，向天底。

烛影摇红·癸巳恭王府海棠雅集

春破红深，彩云蘸露真娇嫩。风流天付探花人，真个萦方寸。海外芹泥雨润，要相携、香檀急衮。海棠牵袖，绿柄轻摇，词流成阵。

四座清欢，玉杯满酌情相近。天将清梦与诗人，频作东风信。还有弦歌作引。念知音、芳心不尽。万千风露，耿耿星河，都成新韵。

（选自《朔方》2013年第9期）

黄河壶口瀑布

咆哮天欲堕，浊浪荡无垠。

雨露生何日？雷霆试此春。

珠流光五色，湍吼势千钧。

澎湃真能借，东西万象新。

浣溪沙·慈恩寺怀玄奘

总把慈恩岁里匀，朝朝暮暮玉楼春。腥风苦雨去无痕。

我佛光芒曾佑客，谁能来此不思君？三千界外霎时新。

卜算子·初访李清照故居

系我一生心，梦里常萦绕。故里文光漱玉篇，日夜相思老。

婉约一枝芳，雅韵人倾倒。多少疏狂点绛红，唯有情难了。

（选自《朔方》2014年第12期）

张平

空山

停车烟雨道，目送旧村庄。

野草遮闲地，空山暗自伤。

夏日原州

青山落月白，幽涧映云台。

更喜原州好，清凉入我怀。

古雁晚照

落日残霞影，清风古雁高。

秋来山色美，东岳自逍遥。

（选自《朔方》2019年第11期）

张青

中国天眼

翠绿地，黔之南，洼坑奇，有天眼。
因地制宜镶神镜，星罗棋布走高端。
眼珠灵动似能语，一目了然看光年。
嫦娥蹙眉逗玉兔，织女纤手裁锦缎。
细查黑洞暗物质，深探外星信号源。
脉冲星群怅寥廓，广袤宇宙寻搬迁。
天体面纱揭开日，遥看绚丽满人间。

港珠澳大桥

伶仃洋，卧巨龙，跨海桥，横远空。
聚智十年烟波上，凝心百里浪涛声。
珠峰脊梁惊天宇，长城筋骨探龙宫。
筋斗腾云三江达，隧道桥梁一脉通。
浪涌入怀何所惧，深海之吻伴新程。
联通血脉港珠澳，傲世腾飞艳江东。
神龙他日连台海，华夏一统唱复兴。

（选自《朔方》2020年第7期）

改革开放

守成固步步维艰，继往开来赋华篇。
梦绕初心倡百业，魂牵远景秀千帆。
求真革故高歌进，除旧披荆喜报传。
复兴宏图撸袖绘，扶摇万里艳阳天。

追梦路上

鲲鹏展翅志飞扬，福地神州国运昌。
万众同心书毓秀，千帆合力续辉煌。
嫦娥探月天宫坐，航母携鸥海域翔。
逐梦炎黄惊世界，中华崛起傲群芳。

（选自《朔方》2021年第7期）

张嵩

武昌起义

故国伤痛入深秋，大地浮沉恨未休。

一自武昌掀巨浪，长江滚滚破“龙舟”。

谒中山陵

钟山灵秀蕴箴言，天下为公释法权。

千里谒陵何所意？面朝博爱奏心弦。

（选自《朔方》2011年第10期）

清明祭父

岭上花红树显形，风沙过后晚来晴。

胸中先祖游天际，梦里严亲到院庭。

牵手言欢身骨暖，倚肩撒爱泪泉盈。

永别生死儿心愧，遥拜坟头草列屏。

与兰书臣将军相聚塞上感怀

中秋皓月映琼空，塞上相逢盼念中。
常忆京城知肺腑，每思故里敞心胸。
声声吟唱诗情染，句句和酬曲意通。
若问将军何所重？萧关南望第一宗。

（选自《朔方》2012年第9期）

官场吟

世局嬗变不堪情，庸者高才莫可评。
伏案三年成地堡，伸舌一寸抵天庭。
茅屋昏暗风霜入，花轿油光雨露承。
赤胆奈何言窳败，心弦夜夜耳边鸣。

住房吟

平川骤起万千楼，竟化良田做“绿洲”。
市里有钱修贡道，村中无事数耕牛。
宜居常使官商笑，强建更为士庶羞。
我辈欢颜墙外卧，一声兴叹杞人忧。

沙尘吟

暴土狂尘乱入门，天昏地暗断行人。

高楼矗立能遮日，矮树萧疏怎聚林？

每忆儿时甜水净，但悲眼下恶风频。

开春本是鲜花放，何使田园草不存。

诗家吟

忝列门墙练净心，方家日日奏高音。

诗中概念当经典，书上条章作指针。

落笔半年龙虎啸，“著名”四处古今吟。

应知传诵皆精句，亘古骚坛有几人？

（选自《朔方》2014年第1期）

大足石刻

石崖宝顶路回环，袅袅梵音雾里禅。

壁上人伦昭善恶，世间物事隐欺瞒。

死生地狱良心账，好坏天堂苦命钱。

信仰若失神鬼惧，有无报应亦徒然。

武当山

道家仙境道家峰，意化神极不可惊。
紫殿煌煌接丽日，青虚渺渺起罡风。
三生顿悟凡间景，千里缺缘往世经。
人过丹墙楼宇后，俗心一样寂寥生。

莫高窟

敦煌久仰似瑶台，昼夜驰驱带雨来。
意寄飞天佛界女，情迷神画古人才。
沙山无语藏瑰宝，党水有声护绿槐。
百载沧桑回首处，谁能使我再伤怀。

（选自《朔方》2015年第1期）

潮州开元寺

开元钟响远近闻，盛世相逢不二门。
向往人间真境地，莫言世上有丛林。
七层佛塔参莲像，一部经书染血痕。
岁月难消俗媚气，回身仍旧在红尘。

惠州西湖孤山

西湖依旧有琴声，少女轻弹过客听。

浅水秋花何艳艳，孤山野草正青青。

朝云墓冢胭脂泪，苏子诗章寂寞风。

泪洒岭南知己在，风吹海岛已残灯。

罗浮山

第七洞府海陬间，飞瀑流泉入九天。

葛祖炼丹谁不道，大仙问卜自相观。

石如怪兽腾青雾，香似盘蛇冒彩烟。

南望高楼平地起，无边眼界路程宽。

（选自《朔方》2017年第12期）

夔门

波澜阻断赖夔龙，画里风光四望中。

赤甲红颜藏鸟迹，白盐素裳裹猿踪。

光曦初放千帆竞，月幕低悬万木葱。

两岸青山遮不住，高峡跃过海江通。

瞿塘峡感怀

大坝雄横水势平，狂涛骇浪几曾逢？
游轮惊散空中鸟，飞艇拍醒地下城。
客过三峡听故事，舟行一日到江陵？
诠说宋代“千堆雪”，“卷起”今朝入画屏。

白帝城刘备托孤处

远望江边有绿洲，弃船登岸上高丘。
千年遗迹察存废，半世结缘作探究。
蜀汉君臣风雨殿，孙吴将帅火云舟。
统一战线应无恙，义气私情自可休。

（选自《朔方》2020年第1期）

张孝华

故乡春色

小村山岭上，几处野桃花。
日暖莺争树，风酥草拱芽。
驼翁翻沃土，老妪种甜瓜。
留得春耕在，故园才叫家。

赞支宁人

怀揣青春梦，依依舍故园。
弯刀劈大漠，野火炖孤烟。
锁住风沙苦，耕出世代甜。
百年终入土，魂葬贺兰山。

鞋

兄弟同行互向前，微身何惧上刀山。
一生痴守为追梦，踏破浮沉万里烟。

（选自《朔方》2019年第8期）

访风力发电村

祖辈深居苦似僧，脱贫号角破坚冰。
长风万里添神力，点亮千家七彩灯。

为父母拍照

小院桃花醉眼眸，相依白发倍温柔。
听儿口令调焦距，对燕飞来抢镜头。

（选自《朔方》2021年第4期）

张志新

柳赞

独恋河堤土，迎风待作霖。

陶公栽五柳，左帅务西荫。

别意留梢传，愁眉听雨吟。

布衣身处陋，不媚自芳林。

青松赞

接地齐天伟岸身，扎根瘠土四时春。

风餐露宿千般苦，雪压云摧万重辛。

志向穿穹怀眺远，品端立世鄙逡巡。

平生高洁人崇仰，死后成梁旺火薪。

秋叶

谁寄相思千万语，深情片片挂枝头。

桃笺写意凄风劲，彩信传新酷雨柔。

猎猎扬眉辞故旧，纤纤酥手作差邮。

痴心不改追晴日，褪下盛装赴野酬。

（选自《朔方》2021年第11期）

张金龙

江南好（双调）

春光美，微雨带烟霞。村柳栖鸦天净水，和风吹润岸头沙。灯影照千家。

人不老，喜好树桑麻。天性痴迂兼直傻，种茶归去又栽花。诗眼醉天涯。

归塞北

玲珑燕，成对又成双。秋尽江南寻旧梦，春来漠北觅新香。痴病入膏肓。

穿画栋，急切上雕梁。单怕青春容易老，趁它泥润筑新房。因爱不辞忙。

长相思

陌上花，岭上花。河岸江干都是花，春光别样佳。

红梅花，蓝莓花。争及家中解颐花，知疼谁似她。

高阳台·孤雁

斜月西风，孤鸿一点，影单远涉天涯。寒夜无眠，倦翼怎及平沙。忧心一线牵连去，念今宵、宿寄谁家。映残霞、几度关山，几度归鸦。

路长老翅尚须勉，正天高云廓，一任翱遐。万水千山，且当堂坳清洼。天南地北曾游遍，历累伤、遍体疣痂。哪消他、一阵凄风，一阵飞沙。

（选自《朔方》2018年第7期）

江城子·移民村印象

贺兰山下立新庄，菜花黄，柳丝长。青杏如珠，沙枣溢芬芳。天幕四垂原野静，铃声远，响叮当。

牧人闲坐话家常，蓄牛羊，殖蚕桑。林苑葡萄，美丽似仙乡。生态移民方略好，红日子，美时光。

瑞鹧鸪·咏菊

休道金英绽放迟，百花煞后傲霜枝。不将艳质争春色，偏弃红妆披甲衣。

玉骨何消青眼待，冰襟欣对翠眉垂。敝篱陋巷无车马，独斗西风呈鹤姿。

（选自《朔方》2021年第4期）

张金英

木兰湾

风筛秋色净，可爱浅深蓝。

天外流云过，海中泓碧涵。

清波摇客语，奇石缀银簪。

千里铺沙月，几曾梦半酣。

冬日过海大东坡湖见白鹭栖于湖心岛

浅冬光正好，湖面散鳞波。

绿岛心何冷，清寒气未过。

风扇飞鹭羽，云倚碧丝萝。

摇曳枝头处，知谁绮梦多。

鹧鸪天·游五源河出海口

风软云轻九月天，梦中光景是南园。碧波魂刻河心树，白鹭声扇影里烟。

深海处，浅湾间，半清半浊可相关？沧沧叠叠君知否，且在桥头带醉看。

（选自《朔方》2019年第2期）

追梦惠山梅园

梦深曾约雪，心倚水为邻。
疏影风沉月，寒烟树醉人。
古今多韵事，天地绝香尘。
山锁云浮动，悠悠我独亲。

回娘家感作

倦鸟寻归处，孤云落岭身。
拾来童乐趣，卸下世艰辛。
不让天涯客，成为寂寞人。
满堂温语拥，还我一青春。

相思引·腊月水仙花神娥皇女英

月下凌波自绝尘，玲珑百媚玉生春。为君独放，香抱梦中人。

一笛新枝斑竹泪，千年故事楚湘神。锥心泣血，双袖绿风痕。

卜算子·诺日朗瀑布

何处海潮来，唤醒山林梦。千丈飞流一地声，又把清风送。

更有万斛珠，爱与人相弄。蘸上秋光那笔情，最怕君心动。

（选自《朔方》2020年第1期）

春夜散步偶得

风摇花树影，一缕暗香随。
莫说无人赏，分明有月窥。
楼高空叠梦，夜黑自成帷。
许是韶华负，云中孰可期？

立夏日雨后小区散步即兴

惊雷滚云起，雨后浴清新。
迎面花香扑，回眸月色匀。

聊将十分绿，换取一城春。

最喜楼前紫，依依似故人。

夜步三亚湾

最是晚风意，摇来万缕光。

霓虹天上接，月影水中妆。

梦落银沙里，谁知夜未央。

涛声和客语，飞进白云乡。

浣溪沙·春游万绿园

芳草初萌梦不禁，蓝天之下树成荫。风中飘着彩云襟。

绿向心头春意暖，诗从水岸柳梢寻。一丝一缕一清吟。

（选自《朔方》2021年第11期）

张俊奎

春日一绝

桃李芬芳已半生，小园今日栽葡英。

秋来闲卧野藤下，春夜书斋听雨声。

初夏感怀

天色迷蒙沙雾隆，丁香无语祭春风。

清河不见庞公玉，东岳曾闻造化钟。

杨柳万丝催锦绣，李桃百代慕苍松。

谁教夏日添绒线，入室犹觉寒意浓。

（选自《朔方》2013年第6—7期）

张美玲

建党百年感怀

金牛阔步奋蹄昂，盛世中华谱乐章。
精准脱贫同致富，聚焦反腐喜呈祥。
太空探月威名悍，沧海巡洋助力强。
锦绣家园携手建，前行砥砺筑辉煌。

黄河吟

九曲黄河绕翠莲，波涛拍岸浪滔天。
无垠沙漠微澜起，广袤田园细水涓。
芦苇丛生连碧海，牡丹绽放靓前川。
凤城自古灵湖俊，墨韵飘香赋丽篇。

清平乐·再唱山歌给党听

历经磨难，为国红心捍。力斩群魔冲霄汉，屹立东方兴叹。

北斗漫步云端，脱贫致富民安。碧水青山环绕，山歌再唱新篇。

（选自《朔方》2021年第7期）

张登军

西江月·山游

喜踏高山深谷，爱观飞瀑流泉。穿行茅舍野林间，雾绕峰回路转。

心境豁然开朗，胸怀顿感超凡。白云做纸写诗篇，养性修身思远。

苏幕遮·咏梅

枕松涛，眠冷月。淡看风尘，安静依泥雪。面对寒霜多酷烈。吐露芳华，更把馨香泻。

立苍穹，舒旷野。无意争春，傲岸枝如铁。随兴盛开心自惬。不慕虚荣，何以求人悦。

（选自《朔方》2018年第12期）

张新喜

夏日

青萝绿柳上粉墙，谁家小院枣花香。

杯中清茗胸中策，云子轻敲岁月长。

山行

云淡秋高白草黄，一川斗石野花香。

雉鸣兔疾岩羊迅，谁吼秦腔九转肠。

（选自《朔方》2017年第5期）

东篱

东篱野菊弄清香，但见蜂飞蝶舞忙。

疑是三春归复返，回眸落叶满坪黄。

泸州诗酒会醉酒有感

持身不饮已经年，一入泸州频醉眠。

四海相逢多雅客，半因美酒半诗缘。

听巫娜《古琴禅修》琴曲

薄雾高林旭日彤，深山古寺杳闻钟。
鸟啼芳树千峰寂，泉溅飞花百草丰。
紫陌有情悲旧路，红尘遗爱苦无踪。
白云舒卷清风过，雪爪鸿泥一梦空。

（选自《朔方》2019年第1期）

游贺东庄园

葡园秋雨霁，石径净无尘。
楼外青山碧，庭前绿树新。
芳花含玉露，美酒醉嘉宾。
但爱清幽境，平生愿比邻。

游园漫吟

五月芳菲歇，小城行处幽。
白云生远岫，绿树隐高楼。
日暖菖蒲嫩，风清柳絮柔。
间关莺语滑，安步自悠悠。

（选自《朔方》2020年第8期）

张璎涵

游龙门石窟

伊人伊水倚栏杆，风荡柳枝画金禅。
回首远望香山寺，春风湖面映佛龛。

闺思

东风一曲月星辰，淡抹胭脂弄绣针。
倚窗不见郎行路，嗔怪春夜雨水深。

清明

孤岭独路崇冈，清雨泪洒大荒。
寒风识劲草，黄土埋忠刚。
明月望，野风狂。
卷去漫天残云乱散，留得半山青烟坟香。
惊觉醒，不胜酒力不堪伤。

梦境

羊漫散，马蹄疾，青天鸿雁百草齐。
佳期远，路雨泥，红叶清风送秋笛。
是非成败后人道，我等只管钓鲵鳀。
夜缀星云伴明月，明月把酒下醉棋。
虎豹归穴狡兔藏，豺狗隐匿秋虫寂。
相士帐中自摇扇，将帅阵前拭长戟。
关山隘，劈荆棘，士卒横刀四更袭。
漫漫黄沙埋兵刃，滚滚烽烟没马蹄。
炮火震，车马离，孤胆长驱斩首级。
春雷炸响惊坐起，恍如隔世自将疑。

（选自《朔方》2015年第9期）

苏小小墓记

月晓知了吻香痕，风挑怨柳逗水深。
西湖畔北苏小墓，黄土撒作胭脂尘。

七夕

薄雨轻雾伴云涛，男儿痴萦女儿娇。

鱼跃鹊桥吻秋月，莺衔细柳逗春宵。

短叹相见隔日夜，长思明月恨难消。

七妹不知何处去，掩面拂袖向九皋。

路

一道秋风一道沙，半杯往事半杯茶。

路边处处白杨舞，窗外疾驰野草花。

天堑横跨九河岸，江心飞鱼嬉野鸭。

孤鹜不忍盘旋去，落霞长鸣往天涯。

无题

清风寒雨柳萧萧，孤桥冷水暮朝朝。

残云漫散追影去，夕阳寂寥吊树梢。

歌弦月，歌凌霄，谁人醉卧歌离骚？

今日寒窗一曲罢，明日想闻成故僚。

半长风，半青苗，一半孤影伴童谣。

三十年后再相问，两鬓飞雪望秋涛。

（选自《朔方》2016年第12期）

陇上雁

边城郊居

序转萧疏后，穷边渐次羞。
风过千木简，霜近九花愁。
归曲扬天末，征鸿度陇头。
何年尘事歇，乡语道泾州。

西疆秋寄

漂寄阳关外，经年月作邻。
宵中书佐酒，目下思缠身。
忍听陇头曲，怯逢泾水人。
萧萧枫影里，独此念双亲。

返乡道中

流居寒塞久，已惯岁华轮。
寂寞车中客，伶仃陇上人。

萧风悲落木，疏月抚归尘。

闻道阳关过，潸然泪满巾。

（选自《朔方》2020年第1期）

游中都草原

绿到天边未有休，牛羊点点啃云头。

凉风一自心尖起，牧海涟漪似水柔。

北庭春暮

挥手崆峒远，孑从胡塞游。

风霜曾不待，肝胆自相留。

客久催华发，边寒裹敝裘。

绵绵春渐绿，余日莫登楼。

过河西走廊

轻缘古道向西驱，绿影移来渐有无。

八万边墙穿瀚海，两三杨柳傍前途。

冰心醉罢丹霞彩，豪气连斟雄塞酤。

不尽雪山蓬又转，乡音月半出鸿颅。

（选自《朔方》2020年第12期）

陈立平

登五台山

峰绕路叠神仙界，今朝信步禅五台。

方圆一百单八寺，殿殿明烛曳香来。

游平遥古城

山西平遥有奇天，城门迈回五百年。

商贾喧嚣百姓乐，客问宅院多少钱。

（选自《朔方》2014年第10期）

望西岳

莲花阔野生，花瓣过天庭。

银汉逢朝隐，青云向晚升。

鹰飞悲万仞，猿越苦无藤。

玉女应犹在，乘风采紫蓬。

夜宿华山东峰遇雨

原拟凌峰阅宙章，却缘风雨一宵狂。

崖劫雷电成狰兽，雨裹苍龙变海王。

晓至翠林千鸟醉，雾脱峭壁百泉扬。

漫天清爽弥遐迩，东海青鱼孕紫阳。

（选自《朔方》2016年第2期）

过子婴墓

一座荒茔卧雪风，丹青不辨旧生平。

百关漫漫征夫怨，四海熙熙秣马声。

心瘁难驱新帝戾，计高尽剪宦臣凶。

我来参拜多悲泪，千载谁说败者雄。

还乡有感

少年桑梓古稀回，岁月悠悠事有非。

林畔小溪歌谱老，村东青岭卧猿没。

梨花庭院诗文苦，柳絮池塘蟹鲫肥。

学姊嫁人羞索问，儿时旧燕绕梁飞。

（选自《朔方》2017年第4期）

过茅坪

一夜船行睡梦中，五更忽报至茅坪。

江山不见儿时貌，相认惟余北斗星。

经白帝城过夔门

浊流滔滔入夔门，孤城白帝共晨昏。

三台炮锁呈雄据，一缕云腾促帝尊。

赤甲白盐相对峙，乱礁湍水自为邻。

瞿塘不忘东征事，两岸啼猿悼旧人。

（选自《朔方》2017年第9期）

谒苏禄王墓

德土吉方葬异王，中菲友谊载华章。

碑林默默恩成祖，古柏萧萧念远邦。

遗脉久传归大统，汹涛暂涌起三狼。

谁家乌鸟殷勤引，秋叶菊花遍地黄。

（选自《朔方》2018年第2期）

陈宗辉

闽湖之夜

地标静守闽心中，万顷湖光映太空。
花带镶云水澄澈，轻舟采玉月朦胧。
谁家星岛楼台望，何处边城梦境逢。
多少闲愁多少恨，天仙龙女也相同。

与世界汉诗采风团同游武陵源

梦境幽情何处融？奇岩曲洞傍仙宫。
索溪流水天庭过，峡谷长廊帝苑通。
天子山前飞瀑静，宝峰湖上恋歌红。
临风把酒诗家醉，巨笔千峰曳笔筒。

（选自《朔方》2017年第1期）

观上海世博园城市足迹馆

离开深洞向水边，筑起城池歌管弦。
觑野搜村催快马，巡洋掠市挂帆船。
物流羡妒千商贾，女艳惊心九阙仙。
最是高台长瞭望，如珠星月落门前。

岳阳楼

无言独上岳阳楼，梦里行踪二十秋。
取次红巾眉下逝，无涯碧浪手中收。
南怀滚滚潇湘水，北望昏昏楚国侯。
最忆先忧天下事，何须落泊月如钩？

（选自《朔方》2018年第3期）

东坡书院

梦里兰宫载酒堂，寻踪书院却平常。
荷风百里清流韵，僻地三秋文化场。
掘井引来消渴水，劝耕收获度饥粮。
长衫竹笠兼书卷，唯此诗情不可量。

岳麓书院

千年学府景幽幽，荟萃纷繁醉眼眸。
细雨并肩莲叶伞，微风携手望江楼。
三湘学子挑灯聚，四海英才负笈求。
山色常追书卷气，弦歌不绝逗人留。

（选自《朔方》2021年第11期）

郑晶

银川市花马兰花

悄悄绽路旁，雅韵挂中堂。

品质君欢喜，风姿蕊溢香。

千秋磨砺久，万代继承昌。

美誉名花赞，精神世颂扬。

唱春

又见红鸥塞上翔，追拍赏景客拥塘。

闻莺柳岸春铺地，碧水蓝天野草香。

（选自《朔方》2019年第6期）

项宗西

赠女

小女项宁编辑生涯今逾八年，诗以勉之。

面屏飞键惜韶光，板凳八年寒暑长。
尽一己倾襄助力，为他人作嫁衣裳。
书山辞海遍寻索，典籍名篇细考量。
立世不为尘俗累，兰生幽谷自馨香。

纪念杜甫诞辰1300周年

孤舟老病泊三湘，风卷重茅白屋殇。
役吏催征驱怨愤，兵车行别载凄惶。
胸中块垒关黎庶，笔底鼓呼忧兴亡。
诗圣雄辞诵今古，神州逐梦正沧桑。

（选自《朔方》2013年第4期）

古都洛阳

白马祖庭参释迦，龙门帝阙忆京华。
春风不负洛神约，国色倾城艳若霞。

泉城济南

荷风拂柳漾明湖，趵突奔泉万斛珠。
岱岳登临俯齐鲁，长河挹翠入云图。

重游黄鹤楼

一别江城二十秋，白云黄鹤识重游。
层楼高阁凌霄汉，杂树烟花漫渚洲。
轮轨挟风骋南粤，舳舻鼓浪溯渝州。
楚天气宇惊崔颢，新赋共消千古愁。

（选自《朔方》2014年第3期）

咏桂

丹桂烁金香袭门，天风送醉沐千村。
残荷只解听疏雨，唯有此花能摄魂。

昙花夜放①

天阶月色影婆娑，玉蕾冰芯隐碧萝。

瞬息芳华逸香魄，痴心谁解付韦陀。

①昙花又名韦陀花。昙花开放来自于一则神话爱情故事。

左公柳①

烽烟弭去柳成行，雪映祁连凝翠妆。

今度春风边塞绿，世人尤说左中堂。

①清末重臣左宗棠出兵西征，收复新疆伊犁，沿途广植柳树，被称为左公柳，至今尚有留存。

虞美人·桐庐行

双溪荻浦邻花海，古韵依稀在。漫江澄澈翠屏开，风净云烟山色画中来。

弦歌一路携欢笑，忘却红颜老。杜鹃似火伴君行，半纪因缘难了富春情。

鹧鸪天·温州行

孤屿葱茏碧水分，嫣红黛绿一江春。兰舟烟雨楠溪韵，翠嶂云涛雁荡魂。

铺锦绣，织缤纷，潮头勇立鹿城人。“和谐”追梦鸣征笛，驰骋东瓯领绝尘。

（选自《朔方》2016年第1期）

桐城六尺巷

和煦春风起界墙，小城幽巷几徜徉。

家书一纸高标在，气度胸襟照此量。

运河之春

其一

海棠花重紫樱濡，荠麦青青水岸铺。

塔寺鸣钟客船到，武林门外雨如酥。

其二

黛瓦青墙灼灼桃，轻飏丝柳隐廊桥。

水光尽染江南绿，欸乃一声乡梦遥。

（选自《朔方》2016年第7期）

夜宿婺源民居

将军府第福绥堂，灯影思溪夜色茫。

花海铺金香满宅，一帘幽梦到苏杭。

乡风徽韵

黛瓦粉墙徽韵长，近水浅山菜花黄。

一川烟雨千层瀑，岭漫杜鹃红艳妆。

登三清山

道圣巍然坐绝巅，女神破雾耸云天。

高低栈道临削壁，远近松篁拥碧泉。

福境幽深明净地，玉峰峻拔老庄缘。

春风千里万重绿，心入三清醉欲仙。

（选自《朔方》2017年第7期）

塞上雪

万树梨花春色娇，飘飘洒洒落琼瑶。

旱塬谁解农家乐，飞雪好歌丰稔谣。

新春赠友

春风又度岭南时，冰雪犹吟北国诗。
数点寒梅孕芳信，一弯塞月惹情思。
乡关望断远山外，故旧杳离云水西。
贺岁欲问何所愿？青松不老焕新枝。

（选自《朔方》2018年第3期）

银西高铁通车

银龙电掣陕甘宁，骀荡春风伴旅程。
朝别朔方迎晓日，夕临东海看潮生。
孤烟大漠层林蔽，紫塞长河沃野晴。
西出何须折杨柳，“和谐”驰骋“复兴”鸣。

沁园春·延安行

厚土高天，紫塞长河，圣地延州。有轩辕始祖，溯追上古，枣园灯火，照亮寰球。宝塔凌云，延河流碧，窑洞宏篇展壮猷。东方旭，率雄师百万，席卷金瓯。

皇皇青史堪修，迎决胜攻坚意正遒。唯鼎新革故，小康领富，资源特色，林果气油。俊彩星驰，新区科创，蓄势待发上重楼。赓薪火，葆红都本色，光耀千秋。

（选自《朔方》2021年第7期）

胡秉平

清平乐·春

风拂柔柳，雨润千山秀。水墨清河春波皱，烟雾六盘依旧。

檐前燕子归来，山坡杏树花开。春色撩人心动，风光醉客情怀。

蝶恋花·感怀

昨夜凝云深秋雨，烟雾关山，万里苍茫路。满目荒凉凋碧树，寻芳鸿雁南归去。

自古人生无定数，浪迹天涯，总把双亲负。薄纸一书寄故土，乡愁依旧心如故。

翻香令·萧关感怀

山头闻雁雁归南，晚霞映水水波涟。寒风里，苍茫客，古道行、往事越千年。

历朝军马聚萧关，陇头烽火漫狼烟。铁骑奋，金戈舞，血纷飞、征战几人还。

（选自《朔方》2018年第4期）

洪雪霞

初夏

初夏狂风未肯停，尘沙逐雨扫茵坪。

长街花落何人顾，深巷土飞无客行。

缥缈水波摇倩影，空蒙山色弄柔情。

一怀心事随春老，远遁黄莺啼几声。

西江月·人生

云卷云舒有恨，花开花落关情。经年往事看成平，不必千寻究竟。

瘦笔闲时可动，红尘何处堪争。修行大道爱分明，一悟冰消百病。

（选自《朔方》2018年第6期）

赵学义

乡村晨霁

雄鸡催晓梦，步履入阡西。
雨霁云初散，烟浮翠欲萋。
荷塘双燕舞，芦荡几声啼。
麦浪波涛涌，朝霞映碧溪。

秋韵

一川麦浪泛轻波，风送田间笑语多。
布谷隔林催硕穗，农机绕耳醉心窝。
勤耕四季云和雨，喜获三餐黍与禾。
岁岁丰收今又是，新天府里尽欢歌。

（选自《朔方》2020年第8期）

秋思

秋风去又来，问菊为谁开？
落日千山寂，苍云一雁哀。

红枫多趣味，浊酒老情怀。
今晚无眠夜，思君度步徊。

沙湖观鸟

天赐沙湖万象娇，波光潋滟泛春潮。
鹰凭健翼腾云上，鹤借长风戏雾高。
列队莺鹂嬉嫩苇，成双鹳鹭筑新巢。
生机满眼催诗梦，百鸟啼歌醉碧霄。

鹧鸪天·青松

屹立悬崖峭壁间，悠悠岁月总欣然。蓝天作伴心间乐，奇石为邻开笑颜。

熬溽暑，醉严寒，凌风斗雪志更坚。顽强生命峥峥骨，弗畏冰霜傲重天。

（选自《朔方》2021年第11期）

赵春光

金沙遗址

神秘王国启尘封，远古家园现半身。
两岸银杏依旧在，繁绿夹黄分外新。
象牙堆积玉有主，帝子王孙位不同。
燕莎庭院柏森森，太阳神鸟气贯虹。
古蜀大地神来宝，无边原木绿半空。
千头羊牛食肥草，万群归鸟绕林中。
天圆地方神圣事，归来还叹锦官城。

（选自《朔方》2018年第3期）

湖中芦苇

风推浪击意方坚，日照水映色愈鲜。
最是晴天湖尚好，层层绿浪在心田。

夏风

香草碧叶望瑶台，一阵凉风绕树来。
晚看疏影飘玉袖，朝闻翠鸟唱青苔。

群山历历云涛立，片湖晰晰浪絮开。
塞上多少平沃地，琼枝遍野任君栽。

（选自《朔方》2020年第7期）

乡村路上

陌上荞香醉晚霞，林中牧曲入空峡。
乡亲盛意迎远客，雀鸟多情伴粉花。
一阵清风吹落叶，几窗辣味进农家。
主人热议村里事，夜半把酒话桑麻。

水天一色

西驰一望到瑶台，无限风光复徘徊。
簇抱金衣观山色，踩游碧水度林宅。
啸啸战马卷土起，猎猎古旗带风来。
欲看远山横卧处，云涛浪水击竹排。

（选自《朔方》2021年第2期）

星汉

至居延海

塞上胸襟阔，驱车我自雄。
黄芦围大泽，碧落下秋风。
沙送马蹄远，云随雁影空。
高吟追落照，浓染半天红。

弱水看日出

挺立沙丘久，凝眸不敢挪。
胡杨擎旭日，柽柳送长河。
万里天云净，三秋气象多。
金光何用买，掌下远摩挲。

游黑城遗址

繁华说西夏，千载费经营。
白草扫苍宇，黄沙抱黑城。
云飞重试马，风起又谈兵。
往事都成梦，今来梦里行。

游海森楚鲁怪石城

为畅吟怀啸一声，远来此处结山盟。
红霞铺地流沙暖，白草摇天晚日晴。
淄博聊斋重振笔，扬州画派欲争名。
风云借我三千里，更向心头筑石城。

（选自《朔方》2017年第2期）

姚泉名

次韵雪湘明先生摘除白内障感怀

白纱障目恰藏光，百态昏昏喜近盲。
闲事可推因少累，贵人不识且佯狂。
蚕蛾但许充高凤，灯盏无妨当太阳。
秋水澄明何苦也，生涯又得费评章。

秋兴

平生几度忘秋凉，不觉青丝也染霜。
野鹤昂藏跨驴客，蠹虫甘苦校书郎。
早知心腑须丘壑，淡看名场即镬汤。
立点养家糊口志，消磨壮岁暂奔忙。

瞻红二十八军军政旧址

大军别后万山寒，反剿翻身战未残。
肆上游龙便衣队，峡中飞豹手枪团。
青碑字句须宣读，老屋门床且静观。
鹞落坪中多少事，一言结局恸心肝。

偕川中诗友游富顺西湖

幸焉鸿迹得同游，古泽城西为小留。

五里荷风入山市，一桥波影过茶楼。

士坟静拜花沾雨，蕖榭闲观鱼逐流。

曲岸深深秋树密，不知何寺午钟悠。

（选自《朔方》2019年第1期）

姚鸿丁

蓬草

一撮蓬蒿雨露中，淡迎岁月度梭空。
轻看丹桂倾城茂，不羡桃香与菊红。

望夜

明月孤窗望玉晨，不闻夜鸟报归人。
秋来衰草求霜悯，留我思情待次春。

（选自《朔方》2017年第12期）

萧关寄怀

日伴浮云夜伴风，秋陪令雁看玲珑。
平生不与春愁嫁，寄岭空山娶树红。

赋冬日邀游古雁岭温棚

雪满山前引暗香，风临花影转回廊。
明知未尽冬寒月，却有娇红粉淡妆。

（选自《朔方》2020年第2期）

段庆林

临江仙·澜沧江

尘事微茫花蕊酿，斜阳芳草澜沧。闲依帆片为谁忙。琴音秋水远，蝶梦薄风凉。

别院春光家燕往，残欢蜡染霓裳。羞将剪纸补纱窗。蘧看双蝶戏，神化野花香。

行香子·悼母

地费骈胝，箱惜鹑衣。惭反哺、饸饹汤稀。幡疑游梦，纸化桃蹊。痛鬓熬白，心操碎，气强支。

爹爹乍老，弟弟堪期。俏妮妮、姥姥含饴。休相惦记，志励荒鸡。怕重阳菊，清明雨，想家时。

（选自《朔方》2013年第6-7期）

侯玉红

题图

清湖寂静稳沙鸥，半壁荻花闲水洲。
渔父不知何处去，空留明月照孤舟。

临屏闲赋

寒水凄凄山亦凉，一庭萧瑟满笺荒。
从来好韵东风伴，谁看哀魂冷月偿。
留恋只于花影下，清心早许墨华堂。
屏中自有消闲事，和断更声不是狂。

清平乐

鸣鸡惊梦，总觉牵情重。半卷疏帘山影动，别院暖烟轻笼。

啼树青鸟殷勤，穿花彩蝶纷纷。恼他游园人去，自此懒着红裙。

满庭芳·遣兴

北雁斜飞，南枝销落，秋风断尽余香。灞桥烟水，照面已生凉。十里垂丝寞寞，便谁记、蝶舞燕翔？尽骚客，春来唱彻，日日送斜阳。

酒觞，常思么，人生拟短，何必愁肠？更玉粒分喉，金履横江。聊把天涯心事，都闲记，烁烁时光。无如此，击杯浪遣，彻夜唱庭霜。

（选自《朔方》2015年第3期）

深秋

问着西风第几重，残花颓叶鸟寒空。
一怀诗绪无从寄，聊倚闲床听宿虫。

病起咳不止是夜难眠

半倚珠帘空待明，西临壁上月三更。
梦因远道知难唤，夜到初凉穷啭声。
欲寄深情霜煞路，重来咳唾泪崩灯。
忖思瘦骨无担待，些个微风吹不成。

浣溪沙·贺建梅获最佳教师

羯鼓频敲起水歌，宫腰乍转几轻哦。回眸一笑带羞过。

十载黉门培学子，今朝高殿列娇娥。为卿遥贺复开锣。

暗香

赏花天转。更冷寒侵枕，裘衣未减。蝶影杳杳，管拟江南粉心软。闻得明朝讯息，都道是、雨横风乱。但怪得、塞上萧疏，何事共消遣。

夜半，沉思惯。怕画外粉枝，独树桥畔。暗风折损，冷落无依作空叹。年岁霜、欺雪压，翻瘦了、东坡词案。便更尽、三冬后，有谁相见。

（选自《朔方》2018年第7期）

郭生有

六盘山

劲松缀叠嶂，奇兵试比高。

白云漫碧野，丰碑立九霄。

崂山观海

大千世界海茫茫，崂山松柏写沧桑。

太清宫里经谁诵，明镜一副显昭彰。

青海湖

雪域高原风雨过，举目青山牛羊多。

天水相依托明珠，华夏西海荡碧波。

（选自《朔方》2013年第4期）

秦中吟

赞孙中山

封建千年如毒瘤，中华厄运令人忧。
先生医国施良计，革命除疴醒睡眸。
联合工农威自显，推翻帝制志同酬。
未成夙愿身先衰，遗嘱频催破浪舟。

鹧鸪天·黄花岗七十二烈士

革命当年医国伤，一班英烈志如钢。义旗高举惊天地，碧血横流亮太阳。

魂未死，气昂扬，至今犹觉黄花香。丝丝缕缕堪防腐，更引征人事远航。

（选自《朔方》2011年第10期）

农家书香

莫疑夏桂吐芬芳，农户书香胜酒香。
力引群蜂勤采蜜，醉忘细雨夜敲窗。
只知书里黄金谷，能解心中意念荒。
痛饮墨池增爽气，耕耘有力若加钢。

贺兰山下葡萄沟

兰山亦有葡萄沟，遥对新疆引客游。
美目流金能解渴，浓情溢翠可消愁。
只因紫塞阳光足，才酿琼浆质地优。
到此诗家应痛饮，登峰不必再加油。

（选自《朔方》2012年第1期）

移民新居

座座挺成人字形，向阳门迓日东升。
光融暗色房房亮，梦布吉星色色明。
冬至檐头无雪积，春来枝上有莺鸣。
书香不醉移民志，致富全家起五更。

鹧鸪天·迎兰书臣将军辛卯中秋归故乡诗人雅集

塞上月明引念长，将军千里归家乡。清平乐唱新征路，父老情深古战场。

红叶美，傲秋霜，诗家兴会意辉煌。一杯薄酒添豪气，欲逐嫦娥谁笑狂。

（选自《朔方》2012年第8期）

山里人家

青松石壁挡风沙，晨映朝霞暮晚霞。
路拓远方通市场，沟排洪水养鱼虾。
向阳葵藿明心迹，立志姑娘学女娲。
竞为补天当彩石，青春各自绽奇葩。

访深山菜农

追逐清香进菜园，青葱翠豆竞新鲜。
农家肥育无公害，主妇手烹有美餐。
中午盘端着意品，浑身力气顿时添。
何堪食尽天然色，生活无污民自安。

深山古寺听鸟语泉声感悟

嵯峨古寺鸟声喧，并与泉流做和弦。
同唱春来多活力，共为词客启愚顽。
声随世变情真切，韵违时迁耳厌烦。
悟道顿然生愧疚，从今老调不重弹。

（选自《朔方》2013年第9期）

秦瑞娟

小满

弦月弯弯似宝镰，农家小满不得闲。
荒滩水草蛙鸣处，锄罢禾苗又垄田。

登固原古雁塔

鸿雁南飞觅旧踪，凭栏遥望固原东。
沧桑岁月今何在，万古愁思寄梦空。

鹧鸪天·初夏

沙枣花开暗送香，清晨万物映朝阳。微风摇曳苇丛碧，紫燕穿飞绿草芳。

风剪影，柳新妆，时光停留醉荷塘。沉迷不问归时路，却把渔竿钓月凉。

（选自《朔方》2019年第9期）

贾志中

山中大雪持杯口占

无定春来晚，三边雪落繁。
江南花已着，塞北霜正酣。
群山翻银浪，窄径入冰天。
红泥炉火旺，放酒铁屋前。

游洛阳广化寺

隐在龙门绿崖间，天人出入两神仙。
广化寺小法力大，媚娘身低眼界宽。
牝鸡司晨国未误，男儿好色家不传。
纵使先皇添英迈，险教大周断开元。

（选自《朔方》2013年第4期）

春雪

塞上春来晚，三边雪落迟。
千山连天白，万树披素银。
忽闻寒鸟啼，顿起我诗思。
人生如春雪，来去总无时。

山上小雨，未暮而寒，得友信

山中秋来早，午后便添衣。
不防雨断续，徒增游子凄。
幸得有鸿雁，方知归家迟。
何当高楼上，把酒话新诗。

（选自《朔方》2014年第9期）

三登黄鹤楼

昔年曾作两回游，淡淡飞烟鹦鹉洲。
凭栏惟见旧人迹，观壁欲怀古贤酬。
斯楼三登不遇鹤，此江一望可销愁。
秦共潇湘只数水，若到行时亦悠悠。

无题

长天一日经冬夏，沙海碧波两重花。
塞上着裘冷方觉，香江漫步兴正发。
人生到处鹤停渚，残月经舟友来家。
且举三杯金樽酒，拍罢铁板唱红牙。

（选自《朔方》2015年第6期）

由西峰至西安途中，并自祝生日快乐

西峰事毕下长安，人生常在江湖间。
昨夜尽饮渔家酒，今朝欲攀始皇山。
乌丝转白三两载，诗书落拓五十年。
风尘聚散无悲喜，除却天伦不知欢。

外出归来

归来坐定心空空，聚散行止两匆匆。
万里芳草连天地，一朵孤花自乾坤。
踏遍青山云烟似，泊尽绿水浪波同。
觅迹寻踪徒费履，无限风光在吾胸。

（选自《朔方》2016年第10期）

题松师“纵横四海”扇面

君抱琴心倾四海，我负剑胆任纵横。
秋月春花燃又灭，山川丘壑枯复青。
人间何处长年少，天涯此角有灯明。
便使波涛高千尺，一剑一曲浪花平。

（选自《朔方》2017年第10期）

甲午游白洋淀

根柢原在燕赵间，今日始游白洋淀。
苇枯已遮千顷水，荷放应香几层天。
雁翎火染蕊含血，乡亲捐命心更丹。
我生又逢甲午日，华北明珠涌泪泉。

送内子返银，独坐山中基地

雾锁秋山千峰暗，月隐层云一灯笼。
时有犬吠穿静夜，已无马达送行踪。
佳人北去天早黑，冷气南来屋更空。
独卧铁斋看电视，却思当时炉火红。

（选自《朔方》2018年第7期）

夜雨戏占

瓢雨泼铁屋，滚油溅水花。
千军共擂鼓，万水浪淘沙。
阵冲八骏马，兵败山倒斜。
遍地飞爆竹，四野挂烟纱。

山中夜雨

山雨潇潇催夜读，一屏一页闪明珠。
人皆苦寻颜如玉，我不乐筑黄金屋。
开卷清风堪下酒，合掌莲花宜描图。
方寸尽收全世界，滑指珠峰覆平湖。

（选自《朔方》2019年第9期）

贺兰砚

松涛深处万香开，文曲仙班轻往来。
笔架方停白鹤脚，墨波尚少海缸怀。
搬山一角磨成砚，围水四合筑作台。
碧落紫云红绣线，诗章大块好酌裁。

（选自《朔方》2020年第9期）

贾来发

天仙子·小村重游

春到小村江更碧，沿岸沙鸥相与戏。谁家少女荡舟来？歌甜蜜，人佳丽，一见梦中成永忆。

今岁重来游故地，久候人来船上立。风吹雨打柳梢头，情难抑，心空戚，望断落红声寂寂。

鹧鸪天·夏日纪游

伞举星云微雨中，步移柳岸兴无穷。蛙声热闹初晴后，燕子成双舞碧空。

波渺渺，路重重，世间何物比情浓？把心交给伊人牧，携手同登那道虹。

一剪梅·漫步山中

把爱撑开小雨中，岭上花红，伞下情浓。开心处处与君同。话也无穷，兴更无穷。

百鸟林间语老松，蝶绕芳丛，云过蓝空。春来碧透万山重。步匆匆匆，月正溶溶。

（选自《朔方》2018年第12期）

暮归

其一

工收两两归来路，锄带泥红步晚风。

阵雨初停烟绕岸，蛙声合唱稻香中。

其二

野旷风清送晚凉，蛙声阵阵染荷香。

乡村夜静人皆睡，一任流萤过短墙。

其三

三五人家傍老松，榴花遥见数枝红。

牧归落日蛙声里，梦做山村月影中。

其四

一叶舟从碧叶分，荷花深处鹭时闻。

云收雨散人归后，唯有湖山与我亲。

其五

联红小院门生喜，柳绿东风雨洗尘。

趁兴出游归日暮，踏青欲采一篮春。

（选自《朔方》2019年第4期）

题西湖

烟染苏堤淡似无，莺声甜透柳间呼。
轻舟睡在西湖里，一任闲云向镜铺。

赏油菜花

万朵千枝映碧空，蜂飞蝶舞闹花丛。
眼前尽是黄金色，醉倒春风想象中。

临江仙·记游

记得那年山岭上，雨狂不辨西东。云开虹挂接苍穹。鸟声歌不断，一路喜相从。

今日候君君不见，佳期又误花红。溪边独步月朦胧。情深深几许，何日嫁春风。

浪淘沙·烟雨江南

今岁恨难逢，又误春风。遥山云隔万千重。思念都随潮渐长，一样无穷。

夜半月朦胧，谁解余衷？花间聊尽酒千盅。待得江南人共伞，同步西东。

（选自《朔方》2020年第9期）

钱守桐

宁夏口弦琴

舌尖入径翠如诗，满口琴音上玉枝。
五色乡愁吹往事，唇怀子夜月相思。

灵武羊羔酒

千年玉液饮羊魂，几问灵州品万樽。
美酒呼来月下客，三杯入梦醉一春。

隆德泥彩塑

泥雕玉锦绘君心，百态多媚本土亲。
坐看红尘天下事，人间冷暖笑开襟。

盐池地毯

岁月千织化美扬，金羊丝语上春堂。
毯红慧眼迎宾客，足下怀芳蓄暗香。

（选自《朔方》2018年第12期）

农民丰收之歌

麦香

农家檐下话情长，小酒一酌月落窗。

村外蛙声鸣福地，初心入骨麦怀香。

黄花菜

三春秀色第一枝，醉我金黄千首诗。

旧岁荒凉无写句，脱贫新韵诵花时。

彭阳梯田

山花秀句写江南，风指红梅杏满山。

绿染梯田描六月，东君约我登云天。

丰收节

葡萄下架入兰池，枸杞红妆恋玉枝。

麦穗含情秋在望，鱼欢戏水又题诗。

（选自《朔方》2019年第11期）

高凤林

秋登贺兰山

凌云依日贺兰巅，远树平畴在眼前。
西北峰叠山隐寺，东南浪滚水接天。
朦胧荒冢铭元昊，摇曳残垣忆赫连。
御风神骋流逝曲，岚烟霞色葡萄鲜。

黄河楼夜游

塞上黄河百尺楼，风光无限画中收。
清芬迢递天边月，怡趣飘摇浪里舟。
溢彩石桥常驻步，流辉玉阙总凝眸。
一川浩水回乡梦，万点灯明唱浅秋。

水调歌头·登临春岭

三亚临春岭，四季色斑斓。拾阶渐入佳境，步道绕林盘。大叶相思吐翠，荆紫凰红争艳，猴子自怡然。风爽双眸醉，汗雨化歌旋。

欲逐鹿，登塔望，水天间。栉比高楼壮美，道路纵横连。“九树”簇拥王冠，“五凤”瑶台亮翅，海岸走蜿蜒。老矣何堪愧，只要肯登攀。

（选自《朔方》2016年第10期）

石榴花

年年有愿红五月，似火如荼向天歌。
轻摇渭水流音远，浓送兰山细露多。
花映心堤知日暖，霞飞意蕊感风和。
情高流韵燃真爱，瑞色素芬揽梦河。

重游青铜峡

携妻伴友到银南，故地重游意自闲。
渠畔小街扬古韵，河中大坝锁清涟。
轻风咏志新歌舞，细浪抒怀旧管弦。
荏苒卅年云水过，欣逢甲子总情牵。

（选自《朔方》2018年第2期）

西岳庙

飞檐彩栋欲凌空，昭瑞金天气势雄。
御路棂门浮碧叶，寿阁颢殿向芙蓉。
云高静看长河水，雾淡遥瞻少昊宫。
夕照残碑思韵笔，苍凉愈见晚霞红。

函谷关

函关险隘染烽烟，万古惊尘落水边。
西去终童明远志，东来老子著宏篇。
鸣鸡孟君听铗后，白马公孙辩谷前。
紫气千年生景仰，雄风百代卫山川。

南五台山

叠嶂重峦瑞象环，终南翠麓五台山。
岚浮圣塔风铃静，鸟唱古槐涧水潺。
滑道竹林飞玉影，紫阁佛寺换新颜。
登高只语长安近，坐听松风赋趣闲。

鹧鸪天·内乡县衙

三省堂前警世言，仁士清歌后人传。壁含思绪说今古，联蕴情怀阅地天。

存政志，慎勤廉，衙门文化内乡妍。鸣琴而治民心顺，有缘百姓拓舜田。

（选自《朔方》2018年第11期）

马嵬坡

一坡千古韵，驿站诉唐悠。

辗转馐泽巷，逍遥景怡眸。

六军声骤起，孤冢恨长留。

寻迹凭诗想，残阳映剑楼。

高陵泾渭交汇处

波谷浪峰岭壑间，沧桑几度下秦川。

魏徵棋落泾河梦，姜尚钩垂渭水贤。

三岸同青新雨后，二流殊色晓风前。

是非明辨当思虑，格物致知近自然。

（选自《朔方》2021年第2期）

高银春

题环卫工人

戴月披星瘦弱身，寒灯照影一肩尘。
风霜雨雪长街走，已忘含辛第几春。

临江仙·春醒

春雨垂丝万缕，春风拂柳千条。清明初上百寒消。草萌三日绿，蕊现几分娇。

赶乘曙光美好，悠然漫步晨郊。林间幽径雾轻缭。鹂欢鸣妙曲，旭暖沐新梢。

（选自《朔方》2020年第8期）

高丽君

癸巳冬日大雪

其一

朔风卷薄雪，一夜在窗前。

集羽瑶台上，曼舞楼台间。

其二

玉蝶无声落，群山自成妍。

遣词自为美，吟唱不成眠。

一剪梅·春来萧关

几缕乡愁待梦描。云绕虹桥，雨落荒郊。冬娘远去正春娇，槐色悄悄，柳影飘飘。

不若怀思向碧霄。意入松涛，心寄离骚。流年莫等把人抛，青了枝梢，绿了蓬蒿。

（选自《朔方》2015年第12期）

聂朋群

题张跃政《平罗故事》

家山印迹酒犹斟，故事平罗岁月沉。
屡见尘封无限觅，偏宜地老几番临。
关河亘古多流变，肝胆于今有己任。
彻悟江湖风物韵，频吹玉笛吐清音。

满江红·北武当河改造

想见征帆，目送处、惊涛齐月。空明近、兰山似幻，尽夸奇烈。唤得春来春已醉，听宜筝奏筝初咽。问何人、持手笔书焉，宏图帖。

风云颂，诗骚切。英雄志，江山说。妩媚青山济，终怀人杰。历历风情心憧憬，柔柔浪影无休歇。待收拾、一段旧时堤，黎民悦。

（选自《朔方》2020年第8期）

海军

辛亥革命百年纪念

九州风雨黑如磐，腐朽皇权数千年。

辛亥英贤燃烈焰，武昌炮火震河山。

摧毁旧制卷残梦，建立共和立新天。

硕勋华夏今铭记，垂芳黎庶在心间。

缅怀孙中山先生

滚滚阴霾蔽九天，沉沉大地凄风惨。

两肩道义匡社稷，一片丹心解民悬。

抛却头颅浑不顾，拼将热血还自安。

紫金有幸埋忠骨，万世缅怀孙逸仙。

（选自《朔方》2011年第10期）

秋声

一度秋声今又来，黄叶满地独徘徊。

霜鬓渐染心犹热，寄意归鸿携春回。

咏李清照

追慕清照是才女，一咏三叹有华章。
低吟常惜时日短，高歌总为心事长。
柔肠百结江南雨，丽意千回塞外霜。
瑟瑟秋风拂硕果，渺渺碧水泛舟舫。

大学毕业三十年感赋

风云回首三十年，热血肝胆碧空悬。
坎坷途程驰远塞，迷津雨雪嘅长天。
人生自应无返顾，去路还须有凯旋。
霜鬓相逢杯盏醉，成败不论尽欢颜。

（选自《朔方》2012年第3期）

山溪

山溪逝不停，黛嶂缭烟尘。
乱鸟时鸣涧，危石衍绿痕。
积年流碧海，累月唱琴心。
何事常奔涌，全因性本真。

惜别杜晓明社长调离宁夏

数载来戍边，金陵一日还。

惜别无盛宴，相聚待雕栏。

常忆吟诗畅，更怀品酒欢。

江南锦绣里，朔北有情牵。

春色

春色无限好，熠熠烁其华。

粲然行一路，风景胜霓霞。

人生何须叹，壮哉逸兴发。

去如秋叶美，魂魄舞天涯。

夜思原州故居

久在浮尘飘，为此多戚戚。

扬鞭走曲折，啸剑斫荆棘。

渐入凋秋草，常思归故里。

远离名利场，悠然看山碧。

（选自《朔方》2013年第12期）

庚君

红旗渠赞

2015年末，余赴红旗渠干部学院培训，参观了红旗渠，亦被“自力更生、艰苦奋斗，团结协作、无私奉献”的红旗渠精神深深打动，作诗以赞之。

其一

巍峨太行响惊雷，十万儿女显神威。

豪情壮志冲云霄，战天斗地树丰碑。

其二

无私奉献林州人，百折不挠抖精神。

世间自有愚公在，开天辟地铸忠魂。

其三

艰苦奋斗势万钧，团结协作能回春。

苦干实干不言累，改天换地面貌新。

其四

幸福之水天上来，引漳入林不徘徊。

奇迹绘就千年事，红旗渠畔慰襟怀。

（选自《朔方》2016年第4期）

常惠琴

绿色石嘴山

昔年遍野甚荒凉，林草稀疏透四方。
贤士支宁才智溢，市民挥汗树苗扬。
玲珑城镇翻红浪，广袤山川裹绿装。
生态平衡风雨顺，喜迎盛世梦飞翔。

鹤冲天·贺宁夏脱贫

山沟久旱，地裂禾苗弱。阴暗土窑洞，残灯火。数里担匮水，节省用、忧愁裹。面垢衣脏破。腹饥体冷，荒岭几时跨过？

搬迁沃野田渠绰。免费楼入住，丰收乐。就业平台建，教技术、答疑惑。创业繁花烁。穷根拔掉，曙光朗照胸阔。

（选自《朔方》2020年第8期）

黄正元

六盘山长征纪念亭

碑立高峰傲碧苍，文昭日月气辉煌。
远征勇士开宏业，接力贤能运策忙。
拜谒常思星火路，攀登更绘好风光。
回眸先烈捐躯地，残雪融消出艳阳。

水调歌头·登太白山

蜀道久惊叹，今上九重山。飞车峡谷迂折，其险扣心弦。更跨空中缆索，冉冉层林漫步，缓缓到峰巅。往昔凋颜路，今日等闲观。

拾级上，勇登攀，达天圆。三千海拔，令我喘喘汗盈衫。花甲精神原可，且有贤妻相励，真个老来颠。李白若能遇，当与尽杯欢。

（选自《朔方》2014年第7期）

崔正陵

中山精神赞

革命先行岂畏歧，目标认定不稍移。

爱凝方略强华夏，情注民生乐庶黎。

得道从来千臂助，推诚自有万心仪。

武昌一举山河应，犹见城乡舞大旗。

辛亥百年怀英烈

号角声声动九州，千年王气黯然收。

东征猛虎吞顽逆，北伐洪涛荡浊流。

丑类匆匆余笑料，英雄烈烈有歌讴。

河山处处遗踪在，叱咤风云似未休。

（选自《朔方》2011年第10期）

无题

偷闲漫步乡间路，放眼惊回万木春。

但使东风吹不已，人逢胜景自精神。

春风曲

九域新潮盖地来，河山瑞气满胸怀。
方欣乐奏飞天曲，又听人歌伏海才。
万柳蛾眉临水舞，千桃笑口向阳开。
无边景色无边俏，感谢春风巧剪裁。

（选自《朔方》2012年第2期）

访金沙湾

斜日苍烟起，黄河美一湾。
披纱峰岭秀，挟雾浪波翻。
楼隐千株柳，花繁五月天。
闲来鸡作伴，人在水云间。

登贺兰山

不知疲劳老顽童，边赏边呼西复东。
峰秀更惊花竞艳，泉飞又讶索凌空。
岭坡滚滚松如海，巅顶莹莹草胜绒。
入耳涛声犹战鼓，催人奋进劲无穷。

（选自《朔方》2012年第11期）

唐徕公园即景

古渠高堺几沧桑，柳绿松青又一章。

花草芬芳儿逐女，亭台掩映凤求凰。

晓风拂处千人舞，朝日升时百鸟忙。

最是长园涂夕照，万般情韵惹诗肠。

中山公园漫步

在职时忙少空闲，而今日日逛公园。

花光水影人皆喜，径曲林深我独怜。

翅振鸣繁知鸟戏，枝摇叶动觉风还。

至清空气真难得，漫步其间足驻颜。

（选自《朔方》2013年第5期）

与台湾大海洋诗社诗友座谈继而话别

君从宝岛来，海峡浪萦怀。

兄弟情如水，风骚韵胜淮。

心长人更近，语重日为开。

握别无他赠，桥山土与苔。

访退休老工人

风尘花老眼，岁月满苍颜。
骨硬仍如铁，心柔更胜棉。
童真随处在，美誉忘其年。
爱恨情犹切，不因夕照残。

黄山留别

休言初识太匆匆，已植心田万态松。
更得刚柔神与气，百年无复叹龙钟。

中华黄河楼

多情母乳万年流，细数唯今岁月遒。
诗里孤烟唐宋梦，眼前落日稻粱洲。
群峰更得湖光美，两岸频添春色稠。
欲揽河山雄与秀，电梯径上入云楼。

（选自《朔方》2014年第2期）

崔永庆

公园里听红歌演唱

其一

地作舞台天作幕，柏松苍翠柳丝舒。

歌声系我情千缕，化作涟漪荡碧湖。

其二

没有指挥韵律齐，心心相印鉴灵犀。

一腔一调情深笃，曲曲都抽红色丝。

其三

你方唱罢我登场，各领风骚柔与刚。

意切情真出肺腑，一江春水总流芳。

其四

这厢风雨那厢火，历史烟云悲壮歌。

旋律曾激涛万丈，而今依旧撼山河。

（选自《朔方》2011年第12期）

咏桃花

春风得意与谁嫁，千树新桃尽着花。
莫为落红情切切，赏心悦目万重花。

咏蝴蝶兰

亦幻亦真疑落蛺，缤纷多彩是兰花。
清新高雅幽香溢，散入寻常百姓家。

咏迎春花

草木始苏丽日融，红花似火闹春风。
嫩枝摇曳招蝶舞，香蕊吐幽惹蜂拥。
美画千幅描盛世，诗章万首赞升平。
一花当引百花放，田野又闻布谷声。

咏梅

料峭风寒雪未消，园中梅绽数枝高。
冰刀霜剑冬方秀，沐雨栉风春亦娇。

香气袭人人欲醉，品格感世世当豪。
神州已是风雷动，花艳心田永不凋。

（选自《朔方》2014年第4期）

塞上秋韵

其一

阵阵秋风风也罡，一时遍地尽铺黄。
枣红葡紫灿金稻，喜乐融融装满仓。

其二

接天草野莽苍苍，羊群云朵玉银镶。
霞落星明归牧晚，夜香沉醉入黄粱。

其三

塞上江南景又新，稻田养蟹靓乾坤。
稻香蟹肥何堪比？入列阳澄也自矜。

其四

紫气氤氲盈酒庄，兰山东麓竞流觞。
秋风也晓送佳酿，一夜醇香醉四方。

塞罕坝精神赞

木兰已被风沙掩，坝上新描壮丽篇。

三代春秋荒野绿，五十风雨秀林芊。

一腔热血一棵树，万顷松涛万里帆。

矢志不移逐远梦，终将日月换新天。

（选自《朔方》2017年第12期）

乘高铁去西安

春意融融畅我怀，杯中滴翠茶花开。

凝窗正欲醉心品，已见西安报站牌。

生态修复后的贺兰山

喧闹峰峦趋渐静，又闻泉水响叮咚。

新添草木接天碧，伟岸挺拔显本容。

（选自《朔方》2021年第11期）

韩林森

太空站

千年梦想已成真，逐月追星访太空。

宇宙茫茫栖有站，多少遐思寄天宫。

陶乐古镇

当年鏖战袭沙尘，古障浑怀驻汉军。

瀚海沙丘披绿意，长街油路洒槐荫。

虹桥飞架通金岸，福水长流化浆醇。

百姓安居百业旺，千村竞秀万园春。

（选自《朔方》2012年第4期）

董钧

登贺兰山

青山玉雪存，旭日嵌河东。
雾锁层峦远，松出险石中。

外卖小哥

穿街入巷本寻常，骤雨狂风也不妨。
最是隆冬风雪日，冰霜满颊送单忙。

峡口沉思

黄河哺育朔方城，万物苍生岁岁荣。
塞上平添南国貌，沟渠未改汉唐名。
甘泉畅饮禾苗盛，玉露酣尝谷物成。
处处常怀惜水意，河头省下尾流盈。

（选自《朔方》2021年第11期）

强永清

观蝴蝶桥

浏览胜景遇春时，蝴蝶桥头觅小诗。

梁祝不知何处去，剩将断羽寄情思。

壶口瀑布

瀑布壮观天地间，大河咆哮至宜川。

飞流直下涛声急，万马嘶鸣太行山。

（选自《朔方》2012年第4期）

窦新伟

村居感怀

人到中年百事萦，常怀梓里老椿情。
每临子夜犹开眼，隔牖凝听鼾息声。

墙角见野花

野卉栖墙角，悠然不惹尘。
黄花殊艳艳，绿叶自新新。
笑看纷纭事，忧怜寂寞人。
何曾思阆苑，独占一枝春。

满庭芳·又见雪飘

漠漠春阴，迟迟柳色，颠颠倒倒东风。夜来衾冷，梦醒已寒冬。密密斜斜玉缕，细织就、塞上丝绒。回眸处，香梅寂寂，待嗅又无踪。

恼人当此际，风轮忽忽，飞絮蒙蒙。更谁家、抟成玉女金童。纵使多情留得，当晴日、泪别匆匆。何曾怨，纡身田陌，归去约年丰。

（选自《朔方》2017年第10期）

雪

许是东君着意催，春风昨夜过墙来。

千山柳絮盏盈舞，万树梨花脉脉开。

早看玉人临北院，还听瑞叶落阳台。

且将余事抛身后，换个斋心学写梅。

（选自《朔方》2018年第4期）

环保

曾经旧燕暗怀伤，谁把山泉又弄脏。

人去垃圾匝地舞，风来尘土满天扬。

听说河长巡堤岸，欣见鱼群跃水塘。

四月青溪穿玉剪，春泥正好筑新房。

通路

杏花村里四围山，小道如肠接九天。

三尺牛车通世界，几株蒲柳罩家园。

迎来新岁东风劲，裁去旧容公路宽。

稚子横锄桥上舞，任它云沸雨绵绵。

（选自《朔方》2019年第1期）

熊秀英

西江月·沙漠人家

绿瓦红墙京韵，雕梁画柱人家。犹如回到旧年华，瓜果新鲜盘大。

隔断风尘嚣市，黄昏落日铺霞。炉边小火慢烹茶，对品红灯月下。

西江月·游腾格里湖

满载一船欢笑，平铺千里秋光。鲤鱼跳跃逐船仓，掀起团团白浪。

洗却心头烦恼，神情依旧昂扬。主人旷达举琼浆，一曲花儿飘荡。

（选自《朔方》2012年第8期）

游蓬莱

云海茫茫无际边，乘帆尽兴觅八仙。

何因果老驴骑倒，万事回头明理端。

八声甘州·黄河圣坛

望长河滚滚卷潮来，深情送春还。奔兰山山脉，张开双臂，拥抱沙湾。峡谷金波笼翠，万象水中涵。叠浪浓如酒，醉我心田。

饮水思源恩重，吮甘甜乳液，民泰丰年。看千层稻浪，听鸟岛禽喧。点将台、神奇传颂，想几多、沙场女婵娟。中华韵、塞边风骨，诗意绵绵。

鹧鸪天·喜闻银川荣获全国宜居城市奖

临水依山欣可居，天高地阔曰熹熹。黄河林帶滋心肺，湖泊绕城起绿漪。

通畅路，古長堤，春风吹岸柳梢齐。高楼建在花丛里，对坐凉亭一局棋。

（选自《朔方》2013年第2期）

熊品莲

塞上湖城

四时无烈日，三伏有清风。
松柏兰山峻，城池湖影中。
文明合南北，习俗共西东。
笔尽情难尽，吟终曲未终。

踏春

严寒暗育艳阳春，雨约风来万物熏。
流水沉沙随日有，绽花萌叶逐年新。
楼头喜鹊惊香梦，渠畔柳丝摇翠云。
拾景寻幽心不老，龙年奋力再耕耘。

（选自《朔方》2012年第7期）

观凤城菊展

移来闹市傍东篱，塞上中秋斗艳时。
锦绣高低皆雅致，铺陈浓淡尽娇姿。
开屏孔雀呈将舞，吐玉金龙腾欲飞。
浏览长廊香满袖，登临琼阁觅新知。

乡情

天外飞来一舰船，滟洲如斯伴彭山。

梯田错落飘金稻，沙壤坦平翻白棉。

目断云弛千里远，春移物换两厢牵。

乡音未改湘情重，身许黄河六十年。

行香子·忆彭山故里

佛寺云边，茅草山前，滟洲中、油菜花妍。彭峰空翠，溪水清涟。有几家河，几株柳，几家湾。

棘藏茅栗，境物天然，忆当年、栽稻收棉。别样天地，奇异山川。恋竹间风，树中屋，水边田。

（选自《朔方》2013年第2期）

黄河游

沉沉两岸柳林深，风弄青枝迎客临。

岛上蓬篙疏密影，洲头水鸟脆清音。

急流滚滚英雄气，细浪柔柔慈母心。

天际茫茫浮一叶，金波荡漾伴豪吟。

水调歌头·游青铜峡大峡谷

波影毓灵秀，峡谷怒涛惊。黄龙横卧原野，旷远挂繁星。注目拦河大坝，彼岸百零八塔，绿岛鸟儿鸣。牛首山群寺，花艳草青青。

金沙湾，铁桥畔，牧歌声。沿黄金岸，如画长卷展雄鹰。引得飞禽十万，聆听蛙声一片，古镇又中兴。参古融今貌，难尽此时情。

（选自《朔方》2014年第7期）

潘万虎

鹧鸪天·生态固原

自古贫瘠布断崖，耕荒度日播穷茬。痛思求变兴林草，致富遍栽生态花。

明举措，定规划，扶民易境从根抓。去愁百姓眉梢舞，共育青山绿水家。

鹧鸪天·美丽沙都中卫

大漠不孤只去烟，长河落日依初圆。飞沙暴虐成昔景，顺水乐浇生态园。

红宝俏，果蔬鲜，层层绿行地连天。花儿唱了千秋苦，尊客今来舞尽欢。

鹧鸪天·水韵之都吴忠

过境巨龙倩影长，润泽沃野富家乡。圣坛惊世岿然屹，别样峨楼扮俏妆。

溪密绕，韵兴昌，物阜民丰万古扬。滨河道阔新姿展，挥汗各族奋小康。

（选自《朔方》2014年第8期）

塞上暮春变奏曲

万类沐春态劲苏，苍冥容动每临突。
昼尘虐客百足暗，夜雨净空千里舒。
鸟语声声入耳醉，花红点点引君扶。
南来嘉友情中画，念景将疑翘指呼。

武汉宁夏地矿人

精锐挥师奉命征，为酬大志立江城。
冬临寒日披霜雪，夏冒烈阳沐雨风。
诚拓北南缔密友，信联楚镇纳嘉朋。
同心铸就辉煌卷，协力迎春再奋程。

（选自《朔方》2015年第2期）

蝴蝶兰

弯茎阔叶起层楼，低调藏身引众眸。
幸赏灯苞纷绽美，彩蝶竞艳舞枝头。

三角梅

疏叶弯枝匍态娇，岁寒露彩竞妖娆。

开苞瓣特形拼角，夺目红灯挂满梢。

迎春花

开苞吐翠破风寒，乔灌丛中勇立先。

夺目争辉添丽景，蜂飞蝶舞韵春天。

（选自《朔方》2016年第4期）

清平乐·宁夏打造全域旅游感作

神奇塞外，遍绣风光带。俏貌英姿争五彩，誉满九州四海。

山河竞放诗喉，颂吟盛世春秋。丝路通联南北，热怀抱拥全球。

清平乐·贺神华宁煤煤制油项目投产

荒原崛线，百里宏图展。液化流金乌体变，盖世新章誉满。

群贤绘就航标，英雄勇立前潮。惊世人寰壮举，旌旗再领风骚。

（选自《朔方》2017年第5期）

黄河封开变奏曲

地冽风呼面割刀，湍流息浪覆银桥。

大河循转幻奇影，雨送春归卷碧涛。

港珠澳跨海大桥贯通亮灯

粤海生辉展画图，掀涛作浪暮中舒。

卧龙摆尾连虹影，豚塔奔情映彩符。

隧岛成双镶璧玉，航廊链对嵌珍珠。

一桥飞架连三地，四海翘心颂便途。

（选自《朔方》2018年第8期）

额济纳旗胡杨林礼赞

边荒延世恋驼铃，历尽沧桑候雁声。
首望云天呼壮语，志存戈壁践真情。
秋金浓泼仙间彩，夏翠狂颠漠野风。
千载枯寒追一梦，英雄傲骨与谁同？

雨之韵

气聚云旋落一方，纷嚣趋舍任裁量。
顺飘承福闻和悦，逆泼沦灾纵漫狂。
春洒催枝千景翠，秋临败色万峰凉。
形回物转难酬志，应合天时岁运昌。

（选自《朔方》2020年第9期）

薛建民

黄河颂

咆哮出昆仑，缰脱任奔腾。
一路闯关隘，大势总趋东。
暮鼓迎宾至，晨钟送客行。
长城相守望，北斗一盏灯。
神斧青铜劈，塬上邀渭泾。
畅怀聚小溪，慷慨待宾朋。
沿岸施泽惠，乳汁济苍生。
横流因阻隔，壮阔澜不惊。
圆了江南梦，孕育北国情。
九曲春常在，流韵万古存。

（选自《朔方》2013年第10期）

洞庭吟

千里访洞庭，似闻潇湘吟。
四海皆龙域，传书感人神。

谒屈子祠

飞舟竞渡激浪腾，碧练汨罗贯长虹。

荡浆搅得虾蟹醉，粽香飘拂绕玉龙。

（选自《朔方》2014年第7期）

自题

赶潮半世浴风尘，一路听涛倍苦辛。

春去秋来探朗月，暑临寒至忆良辰。

山河蕴意情宏壮，大地书歌笔有神。

饮醉陈年杯不辍，饱蘸浓墨赋诗新。

自度曲·三湖吟

大道擦身过，路平沿堤行。闹市只距三里，天然一明镜。沙湖姊妹相称，还是小妹年轻，静待有知音。粉饰它不爱，本色最迷人。

驾扁舟，戏碰碰，乘游艇。还有钓翁，绘就一幅和谐景。若邀好友亲朋，相聚别有趣情，胜过食美羹。烦恼因游尽，唤起稚童心。

（选自《朔方》2017年第4期）

海花岛掠影

驱车赶潮走天涯，忽闻岛上弹琵琶。
蓬莱幻景移重影，儋州驻足看海花。

昌化江岸看木棉

昌化江岸绿意浓，霸王岭路客融融。
舫中对歌非三姐，画上候鸟有妪翁。
云朵伴月躬身望，花容俊影镜水中。
海南春日风光好，情人来了木棉红。

（选自《朔方》2018年第3期）

张贤亮纪念馆情思

丁酉神州起大风，少年卷入旋涡中。
随云飘落边陲地，遇雪疑临雾漫空。
劳腹苦心充底气，读经鉴典孕飞鸿。
男儿立志潮头起，独树文坛气象雄。

（选自《朔方》2019年第8期）

魏东旭

望海潮·贺兰魂

黄河迂曲，雄关列障，依山傍水通衢。飞骑戍边，扬沙出塞，汉唐千载长车。屯垦在征途。念风雷激荡，烈士忘躯。赴难扶危，儿女功业在冰壶。

巅峰烽火遗墟。见时风史韵，兴废荣枯。煤炭起元，高能转轨，城乡一体携扶。众志焕新区。登高游极睇，山水何殊？东去田畴万顷，青霭壮雄图。

满庭芳·沙湖

湖镜微澜，平畴地阔，贺兰拱卫如虹。沙丘礼揖，迎送九衢通。苇阵凌波澄碧，婆娑影、光映晴空。鸟飞疾，凌虚展翅，掠水去无踪。

相逢偕胜侣，沙汀漫步，画舫吟风。慢凭栏，舷窗看尽芦丛。乘兴寻诗酬和，花儿漫、情意醺浓。时难再，光阴总把，香叶醉霜红。

（选自《朔方》2020年第8期）

魏珣丽

翰墨寄语

莫诉相思莫念愁，悉心翰墨绘兰舟。

铅华洗尽芳心悟，素韵清音静水流。

行香子·幽思

幽思如歌，似短还长。叹人生、聚散无常。如今一别，谁懂词章？负春之花，夏之雨，秋之霜。

和诗填词，窗暖斜阳。诗中乐、越宋穿唐。再品新茶，满室茗香。看玫留红，荷留绿，兰留芳。

鹧鸪天·思乡

月夜思乡寄古琴，低吟浅唱伴清音。纤纤玉指抒胸臆，袅袅青烟诉暮云。

花弄影，雁牵魂，金风玉露写丹心。冰弦凝噎津门曲，塞上孤鸿泪满襟。

（选自《朔方》2017年第3期）

赞蜡梅

月夜闲情至，凌风赏玉仙。

虬枝横倩影，金蕊沐浮烟。

傲骨三冬笑，沉香一脉翩。

初心无俗累，秉性断难迁。

梦未央

半夏沉吟倚碧窗，埙音袅袅浸心房。

轻颦暗锁红尘事，雨骤风斜梦未央。

行香子·春殇

细柳轻摇，浅醉氤氲。三五言、唱响乾坤。行吟梨苑，玉蕊凝魂。看风含情，水含笑，露含醇。

杳无音讯。寒来侵春。叹昔年、漫步晨昏。欲书翰墨，尺素潜云。借琵琶语，秋风句，易安樽。

（选自《朔方》2019年第6期）

芳菲

幽林芳草青苔路，小径潇湘碧影痕。
俊雅白玫笺上客，更添清韵入书魂。

七夕

金风玉露沐娇妍，但为明宵赏鹊仙。
身若白云邀偃月，眸如秋水共长天。

屠苏

回望兰山去路遥，凤城落日紫霞骄。
饮文自古如苏酒，何耐芳心寸寸焦。

立秋

款款秋风至，悠悠赏碧莲。
圆盘凝玉露，银杏滚金边。
远望兰山黛，垂听长思弦。
学书求净土，闭户即晴川。

（选自《朔方》2020年第12期）

魏康宁

盼春

半池碧水半池冰，乍暖还寒盼煦风。

绿染山川须待日，嫣红姹紫在心中。

塞上轻雾

绵软轻纱挂九天，亦真亦幻显兰山。

塞上回乡天府画，浓妆淡抹现人间。

（选自《朔方》2011年第12期）

隆德马社火

高头大马列成行，各路英豪气宇昂。

将相君臣街上过，奇闻趣事道中扬。

喧天锣鼓山村起，邻里乡亲喜若狂。

百姓平添欢庆乐，太平盛世享吉祥。

（选自《朔方》2013年第11期）

探亲

鼠在松间跳，鸟栖枝上鸣。

房前青草盛，屋后百花秾。

院落春光媚，厅堂喜气盈。

越洋来聚会，老少乐融融。

唐徕渠畔夏夜

夜幕落渠边，晚霞染九天。

歌声随乐起，舞步伴歌翩。

健步千姿美，习拳百样欢。

微风拂笑脸，悦动爽心间。

斥“海牙仲裁”

南海珍珠九线穿，富饶宝藏惹人馋。

超级山姆常窥视，些小喽啰窃岛滩。

无赖菲夷瞎告状，荒唐仲判呓胡言。

三沙自古神州土，收我岛礁谁敢拦！

约塞米蒂印象

峰顶皑皑白雪盖，谷中滚滚碧流穿。
山如巨蟒卧湖畔，瀑似飞龙跃岭边。
草绿花秾红木壮，车欢客乐喜庆添。
加州美地观奇景，悦目滋心优胜山。

（选自《朔方》2016年第11期）

“双百”梦

航标破雾亮，号角九州扬。
理论融思想，小康变富强。
同赢“双百”梦，共享幸福长。
四海东方望，人民气宇昂。

喜看银川车让人

凤城气象新，首府暖如春。
妇幼出行缓，妪翁脚步沉。
司机存友善，车辆让行人。
挥手真诚谢，温情互爱心。

有机米赞

苗依金岸长，穗傍贺兰生。
夜饮黄河水，晨拂塞上风。
田肥鱼蟹壮，土沃稻粮丰。
剔透晶莹米，香飘万户中。

中秋寄语

中秋月正明，天府蕴诗声。
汉韵描天净，唐风绘地清。
贺兰晴雪壮，大漠绿洲兴。
古辈吟边塞，吾侪唱夏风。

（选自《朔方》2018年第2期）

塞上古渠

水面卧长龙，神河起彩虹。
七星培杞壮，美利育粮丰。
秦汉滋宁卫，唐徕润凤城。
古渠存雅韵，万代朔方盈。

观子曦演奏洞庭新歌

洞庭鱼米盛，朱雀赞声高。
手落烟波起，指拨雾障消。
渔舟轻唱晚，菡萏喜迎朝。
古曲吟湘美，新歌颂舜尧。

闽宁镇

东西互助弟兄情，精准帮扶看闽宁。
美酒流香滋沃土，红莓保健靓温棚。
打工守在家门口，创业无须上沪京。
廿载耕耘结硕果，千家致富甩贫穷。

赞老友学画

腹有诗书气自华，胸藏万卷绽奇葩。
情牵大地描风雨，眼放山河绘百花。
赤线青丝织锦绣，色浓墨淡写朝霞。
桑榆虽晚存心愿，苦练勤学成大家。

（选自《朔方》2020年第12期）

谢瑞

赠友人

碧野清泉六盘山，乘物游心白云间。
斗转星移大化现，万象更新岁岁年。
天地一指物一马，庄生齐物非等闲。
人世从来光阴急，逝者流水不复还。
可曾问道轩辕帝，非可道中何道先。
众生苦痛皆情见，如是我闻大觉言。
毁誉是非浮云看，心包太虚乾坤含。
因缘际遇风云会，留得正气在人间。

不惑感怀

嗜欲深者天机浅，名缰利锁囿人深。
处世几回伤往事，怎可安享误此身。
若是久怀凌云志，苦乐顺逆若浮云。
胸中明月常新美，人间花开留韵痕。

（选自《朔方》2014年第7期）

后记

诗心虽在，秋风已起。不觉又到了立秋时节，一幅“水随天去秋无际”的寥廓景象浮上眼前，无限感慨渐渐在风中远行，多少诗情终抵不过岁月的憔悴。编选这本《〈朔方〉诗词选（2011—2021年）》就是想留住那一抹淡淡的痕迹，不老的是诗人的感情，愿一切美好的憧憬常驻心底，相伴如初。编选、出版过程的繁难最终被诗词的魅力所熨帖，欣喜本书在这个秋天顺利付梓。

自2011年10月始至2021年12月终，在《朔方》文学期刊的《诗词》栏目中发表的诗词作品数以千计，数百位作者的名字被印成铅字永久地留在了宁夏文学殿堂之中，这是多么荣耀的一件事。这里要由衷地感谢《朔方》的前后几任主编哈若蕙老师、漠月先生和火会亮先生，感谢他们对传统文化的一腔情怀，感谢他们的大气包容和文学涵养，感谢他们对宁夏诗词发展和繁荣所给予的倾心支持，他们的名字终将被宁夏的诗人词家所铭记。正是《朔方》的几位主编所具有的品格、修养和远见为诗词打开了敞亮的大门。这里还要真诚感谢宁夏文联副主席雷忠先生，宁夏作协副主席兼秘书长闫宏伟先生，他们在这本选集的出版过程中所给予的支持和关心，令人感动。

本书选录了110位作者的600余首诗词作品。绝大部分是宁夏当地的作者，兼顾少部分区外的诗人。这也符合当初与《朔方》主编相约达成的目的，就是立足宁夏，面向全国，高扬新边塞诗的旗帜，为宁夏发现和培养一批诗词人才，提高宁夏的诗词创作水平，进一步繁荣宁夏的诗词创作。尽管其中的一些作品还很稚嫩，甚至不合格律，但是有一定的意境和写作潜能，本着在发展中引导、在进步中规范的基本要求，也按比例做了一些选录。本选集中也只对个别存在明显舛误的诗作做了修订，其他均保留原来的面貌，也能使人们从中可以看出这十多年间宁夏诗词发展的一个大致轨迹和趋向。选集中还选了少量的古风作品，主要是为了体现诗的体裁的丰富性。

宁夏人民出版社的副总编辑施娜女士、责任编辑陈浪先生为选集的出版付出了艰辛的努力和劳动，在此深表感谢！

张 嵩

2023年8月10日